U0741224

悠悠芳草心

黄纯斌　著

SPM 南方传媒　花城出版社

中国·广州

图书在版编目（CIP）数据

悠悠芳草心 / 黄纯斌著. -- 广州 ：花城出版社，
2024. 8. -- ISBN 978-7-5749-0270-1

Ⅰ. I267

中国国家版本馆CIP数据核字第2024HG9198号

出 版 人：张　懿
责任编辑：李珊珊
责任校对：李道学
技术编辑：林佳莹
装帧设计：熊再斌 myidea Ⓜ

书　　名　悠悠芳草心
　　　　　YOUYOU FANGCAO XIN
出版发行　花城出版社
　　　　　（广州市环市东路水荫路 11 号）
经　　销　全国新华书店
印　　刷　佛山市浩文彩色印刷有限公司
　　　　　（广东省佛山市南海区狮山科技工业园 A 区）
开　　本　880 毫米 × 1230 毫米　32 开
印　　张　6.5　13 插页
字　　数　150,000 字
版　　次　2024 年 8 月第 1 版　2024 年 8 月第 1 次印刷
定　　价　39.80 元

如发现印装质量问题，请直接与印刷厂联系调换。
购书热线：020-37604658　37602954
花城出版社网站：http://www.fcph.com.cn

作者工作照（摄于1997年）

作者留影（摄于2008年）

作者与中国文联原副主席、党组副书记、书记处书记覃志刚合影（2023年·张道新摄）

作者与文化部原副部长、著名作家周而复合影（摄于1995年）

作者与中国作协原副主席蒋子龙合影（摄于1990年）

作者与广东作协原主席陈国凯（中）、著名作家邓友梅（左）合影（摄于1991年）

作者2020年留影于欧洲

作者老同学聚会留影（摄于2023年3月）

洗硯魚吞墨

烹茶鶴避煙

统斌先生雅正

陳蒙弘八十七齡書

著名书法家陈义经赠送作者书法作品

序 言

范以锦

　　黄纯斌其人其事，对我来说非常熟悉。几十年来，我目睹了他成长的过程，也一直关注他写的新闻报道和散文等文学作品。尤其是互联网时代到来之后，线上的传播更是让我能及时、便捷地分享到他的佳作，所以散文集《悠悠芳草心》的不少篇章对我来说并不陌生。我细细品读《悠悠芳草心》书稿后对各篇章连贯起来思考，感觉作者在诗情画意中也将自己的精彩人生抒写出来了。

　　纯斌的父亲黄胜清在二十世纪五十年代初曾任乡村学校教师，后调到县级报社工作。五十年代末他考上了暨南大学新闻专业。1964年我考上暨南大学经济系时他被分配到了南方日报社当记者。1970年我步他后尘入职

1

南方日报社，一年多后我被派往南方日报社驻梅县地区（现在的梅州市）记者站，与他成为站里的同事，后来我们分别担任记者站站长和副站长。与纯斌父亲的这种特殊关系，自然让我与纯斌有很多接触和交流的机会。更为重要的是纯斌在老家兴宁担任乡镇干部不久，于1981年考入了梅州日报社，我们成了新闻同行，相互间关系愈加密切了。过了八年，他调入深圳特区党政机关从事文秘工作，乃至后来当了领导干部直至担任市属局级单位的负责人之后，我和他一直有联系。

综观纯斌的从业经历及爱好，正好契合"一方水土，养一方人"的说法。他出生在文化底蕴深厚的兴宁，江南四大才子之一的祝枝山曾在这里当过县令，旅居或路过这里的历史文化名人比比皆是，古城、神光山等名胜古迹无不折射出兴宁文化的高光，而"无兴不成市"的说法，也隐含着兴宁的商贸文化底蕴。正是故乡文化的熏陶及受家父从文的影响，纯斌无论在岗或不在岗一直与文为伴。写作成为他立身安命的敲门砖，靠这他顺利地敲开了报社的大门进入专业写作行列，也很快从报社记者、编辑干起，成长为报社记者部、编辑部的中层负责人。后来，他又踏上了硕士研究生学阶，并顺利成为广东省作家协会会员、广东省民间文艺家协会会员，靠的也是写作的硬功夫。也正因为有勤于笔耕的爱好，他结交的朋友中有不少文化名人，如文学界的蒋子龙、陈国凯、邓友梅、徐迟、高晓声等。纯斌将写新闻的能力往散文、杂文、报告文学延伸发展，很大程度上是受到了这些文化名家的影响。此外，纯斌还结合工作实际出版了经济社会管理专著《城市社区管理》和《区域经济与深圳城区商业》及《慈善故事》，可见其从文涉猎的领域广泛，也可看出其对写作的追求不是一时的心血来潮，而是一以贯之的坚持。直至退休之后，纯斌依然笔耕不辍，佳作连连。

《悠悠芳草心》共收集了25篇散文，分为客家风情篇和名人风韵篇。客家风情篇中，作者通过描写家乡梅州兴宁市的母亲河、古城、名山等反映家乡的人文、历史、地理和客家民俗风情，抒发乡愁；名人风韵篇中，作者通过记述与名人的交往，反映他们的性格、情趣和他们在某一个领域的贡献，呈现他们的风采，表达自己的情思。其主要特色有如下几方面：其一，善于通过场景和人物情感的描写，引发深层次的思考。《兴宁古城印记》一文中，其笔下的兴宁古城："曾经是一座光彩夺目的客家名城。历史悠久，钟灵毓秀，人才荟萃，远近闻名。""这里四周沃野，前有宁江河，后有紫金山，倚山傍水，宁江宛若腾飞的一条巨龙，奇景天成。""这座城池既保留了中国城池的传统风格，又富有客家特色，成为闻名遐迩的岭南古邑城池。"接着，他话锋一转，"现在古城已伤痕累累，残缺不全"，虽然"当地政府重视对古城的保护，拨出专款修复了部分古城墙"，但"眼前的古城墙泛着古老的苍颜，一块块青砖长出了青苔，墙缝里长出了凋零的野草，偶尔可见烧有'城砖'字样的砖块。突然天空飘来乌云，下起阵雨，雨丝映在斑斑驳驳的城墙上，增添了几分苍凉。我止步返回，脑海里一闪：难道这是天公在为古城流泪吗"。谈到这里，他又引用了兴宁市文化人李云庄先生所说："兴宁古城虽已残缺，但仍不失为厚重的历史文化遗产，价值不可估量，必须保护好啊！"以上无论颂扬，还是提出问题，都发人深省。文章结尾时才点明要表达的主旨，那就是："兴宁古城，宝贵的历史文化财富，人们何时才能透过朦胧的面纱，去发现和欣赏其当年的风韵呢？"这是心灵的呼唤，表达了作者及民众对保护好历史文化遗产的强烈愿望。其二，谈古论今，思路纵横，虽然时间跨度大，却有着韵味十足的情感主线。《宁江弯弯话古今》一文，从兴宁盆地在很早之前是一个巨大的内陆湖泊讲起，到后来天地造化、斗转星移，这里的湖水渐渐干涸，出现了一片盆地……山脉之间的集雨汇成一条弯弯曲曲的河流……兴宁人的母亲河宁江河。然后讲到两千年前，南粤王赵佗率秦军征战古南粤国时，把宁江出水口作为战略要地，并回顾到七八千年前这里已有人类居住。最后谈到新中国成立后政府大力整治宁江河，在主流的上游兴建了集防洪、灌溉、发电于一体的合水水库，根治了水患；进行移河改道，加快了水流，又扩大了耕地面积。最后以"宁江弯弯，岁月悠悠"作为结尾，将前面叙述的一个个故事串联承载起来，直抒胸臆。其三，构思讲究，先埋下伏笔，然后巧妙呼应。《神光山》一文中的后部分写到祝枝山任兴宁知县七年间，曾多次游览神光山，其流传最广且留下墨迹的作品为《游神光山》："出郭西南五里强，翰林留得读书堂。漫漫古岫云烟薄，寂寂闲坡草树芳。几点远村依野水，一间空殿锁斜阳。山灵为我乡人问，更许何年会有光？"而《神光山》这篇散文的前部分正是抓住"光"大做文章，既讲到神光山风景秀丽、奇光异彩，也谈到了"岁月沧桑，千年古寺曾只剩下残垣断壁、萋萋芳草，还有那棵孤零零的古榕"。这正是为了引证祝枝山赞美神光山的同时，而似乎也带有几分伤感而发出的仰天长问："更许何年会有光？"作者在《神光山》一文中回答了这一问题："改革开放的春风吹来，二十世纪八十年代，旅泰华侨、龙福寺住持彰慈和尚石善光回乡观光，他登上神光山，百感交集，思乡之情愈浓。在当地政府的支持下，他动员了一批华侨捐款重建神光寺。重建的神光寺扩大了规模，缘承神光古寺建筑风格，修缮其南传风格的大雄宝殿，寺院雄伟壮观，大气庄重，古朴典雅。""我们游览完神光寺，太阳已匆匆西下，晚霞染红了天际，映照在宁江盆地，一片金黄，如油画般美丽。""下山的路上，游客仍川流不息……他们多数是城区居民，利用早晚到这座公园休闲锻炼，陶冶情操。" 最后，作者深情地说："我想，祝枝山如能穿越时空，旧地重游，眼前的景象不正是他所期望的吗？"这正好回应了"更许何年会有光"的期待。其四，首尾呼应，撒得开，收得拢。《故乡的小河》写的是作者家门前的小河，文中一开头就充满对故土的怀旧感："久居城里，厌倦城市的喧闹，脑海里时常浮现故乡的情景，特别是那条在我家门前逶迤流过的清清亮亮的小河。"写了小河，又写小木桥、小山村，富有"小桥流水人家"的诗情画意，继而再描述农耕归来的农户、摇着尾巴的牛群、河边嬉闹的儿童、农舍袅袅升起的炊烟等美不胜收的图景。写客家故乡不忘写勤劳的客家妇女，客家妇女的田头地尾活、灶头锅尾活及针线活在作者笔下活灵活现。叙述完值得留恋的家乡故事之后，作者又返回开头的话题，深情地描述"走在弯弯曲曲的河堤上，犹如回到了金色的童年。我留恋无忧无虑的孩提生活，我喜欢小河边的野花，还有那村妇们的笑声"。这就与文章开头时表达的情感贯通在一起，表面看来文章叙述了多个方面，但实际要表达的情感只有一个，那就是故乡情。这也是作者把握了散文"形散神不散"的要领的明证，作为业余作家实属难能可贵。

写作会上瘾，一旦上瘾就会嗜之如命。纯斌亦然。落笔生辉，伴随文字的轨迹刻下自己的印记，将人生抒写得愈发精彩——这是我对纯斌的真诚的祝福。

2023年7月

（作者为暨南大学新闻与传播学院名誉院长、教授、博士生导师，南方日报社前社长）

目 录

客家风情篇

名人风韵篇

附　录

客家风情篇

宁江弯弯话古今

　　兴宁盆地在很早之前是一个巨大的内陆湖泊，四面环山，碧波荡漾。后来天地造化，斗转星移，这里的湖水渐渐干涸，出现了一片盆地，水丰草茂，鱼虾遍野，鸟语花香，如同仙境一般。罗浮山脉和莲花山脉之间的集雨汇成一条弯弯曲曲的河流，穿过盆地，向南奔去，这条河就是兴宁人的母亲河——宁江河。

　　宁江河发源于江西省寻乌县丹溪乡荷峰畲的一条小溪，涓涓流水越过千山万水，汇成了江河，到了水口又汇入梅江。其流域面积1365平方公里，占兴宁市总面积的65%。两千年前，南粤王赵佗率秦军征战古南粤国时，把宁江出水口作为战略要地，派重兵驻守在今新圩镇秦皇坪，以扼守宁江、琴江和梅江。1984年3月27日，在秦皇坪出土了六枚当时秦军用过的青铜编钟，远离家乡的秦兵可能不曾想到，他们及其后人永远留在了当地，成了海南粤客家人的始祖。

　　宁江大地造就了宁江河，宁江河滋润了宁江大地。据专家考证，七八千年前这里已有人类居住，现已发现的古人类遗址有三十多处。兴宁历史悠久，人杰地灵。东晋咸和六年（公元331年）初置兴宁县。1039年—1041年，北宋县令周彦先把兴宁县治从雷公墩（今华城）迁移到洪塘坪。周县令进士出身，泰州人，是王安石的姑父，42岁时在兴宁逝世。王安石曾为周彦先撰写墓志铭，他把姑父迁移县治作为重要功绩加以强调。而历史

宁江河（黄纯斌　摄）

也已证实，这次县治迁移对兴宁经济社会的发展确实起到了重要作用。

宁江河是宁江大地灵动的风景，婀娜多姿。晴天时，江水如一条蓝幽幽的飘带，在盆地上舞动。微风吹拂，两岸的芦苇、绿竹在宁静的江水中隐隐约约，似美丽的少女，楚楚动人；暴雨时，山洪暴发，江水如愤怒的蛟龙，横冲直撞，发出怪响，有时还冲垮河堤，奔向田野，盆地一片汪洋。

江南才子祝枝山任兴宁知县时，于1518年在兴宁码头乘船，准备顺宁江而下，到潮州拜谒韩愈庙。而途中突遇暴雨，江水暴涨，巨浪滔天，他的游船在江水中打转，分外危险。祝知县下令停止行船，原路返回。此后，他一直未到过潮州，这也成了他一生的遗憾。

千百年来，客家人到处漂泊，艰难地寻找可以落脚的地方。兴宁这片沃土用宽广的胸怀接纳了客家人，并与原住民和谐共处。山上的瑶民开始下山，傍江而居，宁江疍民也开始上岸搭起了吊脚楼，大家同饮宁江水，共享宁江河。

宁江河属韩江水系，是韩江上游最长的一条支流。勤劳的潮汕人创造了韩江的经济奇迹，被誉为"商界犹太人"。兴宁经济的发展，使兴宁成为赣闽粤边际交通枢纽。潮汕商人溯江而上，在兴宁商业市场大展拳脚。

他们把潮汕地区的海盐、海产品及进口的洋货，河运到兴宁码头，再通过陆路转运到赣南地区十多个县。同时他们又将赣南地区的粮食、山货运回兴宁码头，再河运到潮汕地区，形成了一条经济走廊。

兴宁城是水陆货运转换地，商贸云集，无比繁荣。街道上车水马龙，商铺招牌林立，潮汕的海盐海鲜、咸鱼榄角，江西的大米薯干、香菇竹笋，进口的洋布洋钉、洋布洋伞，五花八门，应有尽有，这里简直成了永不落幕的万国博览会。在兴宁码头的江面上，商船穿梭如鲫，昼夜繁忙。清末诗人杨家彦有诗曰："如山如海闹盈盈，处处灯光庆太平；火树银花真不夜，小南京似大南京。"从此兴宁城有了"小南京"的称号，名扬四海。而发达的经济市场也造就了不少商业人才，他们纷纷走出去，不断开拓市场，赣闽粤边城到处可见兴宁商人的身影，被誉为"无兴不成市"。

嘉庆十五年（1810），兴宁有位知县叫仲振履，他政绩斐然，被认为是除祝枝山之外最有作为的兴宁知县。仲振履进士出身，泰州人，身材魁梧，脸形像关公，眉毛像张飞，耳朵像刘备，声音洪亮，字正腔圆。初来乍到，他看到山城繁华景象，有几分惊喜。一个清晨，他在西河岸边眺望滔滔宁江，透过晨曦，只见远处河岸的吊脚楼错落有致，朦朦胧胧，亦幻亦真，河景如流淌的画卷，灵动多姿。此情此景，仲知县诗意油然而生。但通过一段时间的明察暗访，他发现城里的"社会毒瘤"甚嚣尘上，危害百姓。西河岸边妓馆盛行，有自波楼、一鉴亭、聂五娘歌院等。有一个歌妓叫郭十娘，传说其天生丽质，善解人意，且通六艺，引得不少浪子争相约会。一次，两个痞子因争风吃醋动起手脚，对簿公堂。被衙门重罚后，他们仍不甘罢休，丑态百出，被传为笑话。在码头附近的十里宁江，商船繁忙，不时有

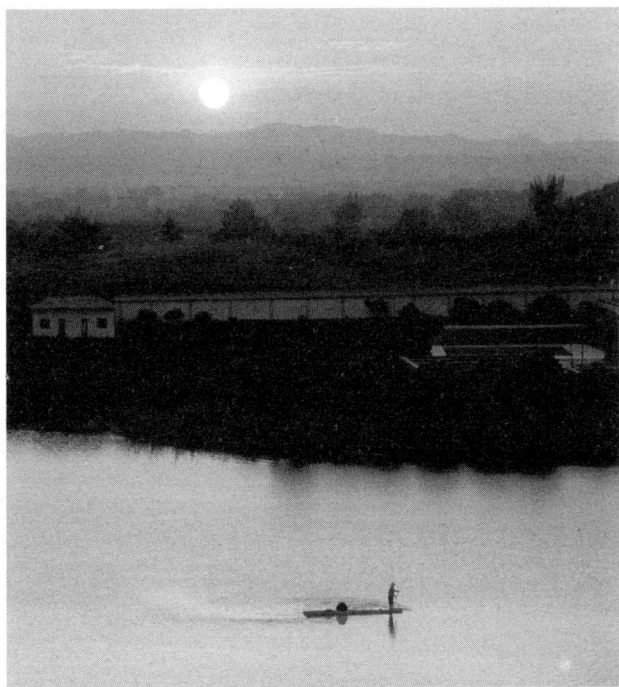

黄昏江景（林佛全　摄）

花船穿梭而过，里面坐着花枝招展的歌妓，伺机勾引客人，民众对此怨声载道。仲知县雷厉风行，发出布告，严禁娼妓，严禁花船，很快就除掉了这一社会毒瘤。

宁江河是当地农田灌溉的主要水源，每当天旱时，村民各自为政，分别在上下游建起了三十多处栅栏。这既严重影响了宁江排洪，村民也时常为争水而引起械斗。为此，仲知县安民告示，亲自督战，限时拆除栅栏。多年的老问题也得以解决，江河又畅通了。

有一年，久旱不雨，宁江断流，田地干裂，五谷枯黄，民众望天兴叹。据民间传说，这是因为在宁江源头黄陂镇龙潭的龙公龙母耽于逸乐，忘记兴云布雨。按民俗，得"打龙潭"祈雨，方能解除旱灾之苦。仲振履亲自上阵，不戴笠不打伞，从县衙跣足八十里，到黄陂镇龙潭附近的双下村先斋戒沐浴两天，再隆重举行"打龙潭"仪式。他们把烧红的铁器和刚砍下的狗头扔到龙潭中，以搅醒正在卿卿我我的龙公龙母。仪式刚毕，天空就突降大雨。民众跪地拜天，呼赞仲县令为"仲青天"。这都是史书记载的真事。

明代嘉靖元年（1522），应民众呼声，应鹏翀县令组织修建了西河浮桥，结束了两岸往来靠摆渡的历史。以后几百年间，浮桥垮了又建，建了又垮，到了民国时，西河浮桥还是浮桥，十分不便。1935年，时任县长雄心勃勃，要将浮桥改建为钢筋水泥桥，除县政府拨出一部分款项外，主要是组织社会捐助，但始终无法筹足资金。县长灵机一动，把这个任务交给民团团长。民团团长决定拿赌徒开刀。他组织人马昼夜抓赌，凡赌博者按身高罚款。高个子赌徒不服，民团团长狡黠地问："如果我现在拿你们去当桥柱，你的个子高，是否要多承担点力啊？"高个子赌徒哑口无言。筹足了资金，通过三年的努力，西河钢筋水泥桥终于建成。新中国成立后，政府有了财力，又对西河桥进行了两次重建，如今的西河桥已是一座宽畅的市区主干大桥。

自古宁江水患多。旧时每当山洪暴发，宁江两岸必有水灾。为此村民有规约，决堤时以铜锣为号。1947年的一次水灾冲垮了宁江河堤，兴宁盆地成了湖泊，村民死亡120人，惨不忍睹。新中国成立后政府大力整治宁江河，在主流的上游兴建了集防洪、灌溉、发电于一体的合水水库，根治了水患。如今的合水水库已成为宁江河上的一颗明珠，贺龙、聂荣臻、叶剑英等三位元帅及陶铸、罗瑞卿等国家重要领导人先后在这里留下了足迹。二十世纪七十年代，政府组织在中下游进行移河改道，缩短了河道十多公里，加快了水流，又扩大了耕地面积。现在宁江水患已得到根治，兴宁盆地旱涝保收，成了地道的粮仓。百里宁江，我们的母亲河，千年流淌，饱经风霜。现在高速公路、高速铁路已纵横宁江大地，宁江河谱出了新的篇章。

有这样一个美丽的故事：清末时，兴宁城有个孩童常在宁江沙滩玩耍。一次，他用小手堆了个沙丘，被小伙伴们取笑像个坟头。他笑着说，以后我们老死了，都该葬在这里。这个孩童叫饶宝书。1892年他高中进士，并与著名教育家蔡元培同科。他擅数学、书法、诗文，曾在朝廷外交部任要职。1901年，他在核查庚子赔款数额时发现多算了3000万两银子赔款，为国家挽回了巨大的损失，驰誉海内外。他逝世后荣归故里，葬在大坪镇金坑村宁江岸边。

兴宁市知名收藏家李云庄，倾注心血研究饶宝书，并收藏了罕见的十件饶宝书巨幅馆阁体祝寿文书法。他说，旧时宁江河水丰沛，韩江船只可至金坑村黄渡水。饶宝书选择葬在大坪金坑村是其宁江之情的生动体现。饶宝书安息在金坑村山花丛中，天天听着鸟儿和河水的歌唱，远眺宁江大地，目送弯弯曲曲的宁江河，浩浩荡荡，奔向梅江、韩江，奔向大海，在波澜壮阔的大海中奔腾不息。

宁江弯弯，岁月悠悠。

（写于2022年12月）

兴宁古城印记

兴宁古城，曾经是一座光彩夺目的客家名城，历史悠久，钟灵毓秀，人才荟萃，远近闻名。

兴宁古邑于东晋咸和六年（331）建县，其时管辖的面积包括了现在的兴宁、五华及龙川、紫金的东北部。经千年变迁，所辖面积才定格在现在的区域，县治也随之多次迁徙。明洪武二年（1369），兴宁知县周仕贵领命移建县治。周知县亲自出马，带着"高人"踏遍了境内的山山水水，最后选定现今的兴城镇。这里四周沃野，前有宁江河，后有紫金山，倚山傍水，宁江宛若腾飞的一条巨龙，奇景天成。周仕贵再用古老的"称土法"去测定，结果恰到好处。他欣喜若狂，仰天直呼："天意也！"新县治建成后，依靠得天独厚的地理条件，五业兴旺，经济繁荣，富甲一方。

洪武二十年（1387），江西安远流寇周三率兵攻破兴宁城池。知县组织军民奋起反击，持续交战了三年，终被战败。最后全县仅幸存二十多户人家，这是千年古邑不堪回首的历史。此后经过七十多年的休养生息，兴宁才慢慢恢复了人气和经济的繁荣。

成化三年（1467），知县秦宏重建兴宁城池，改土墙为砖墙，并修筑护城河。秦知县是桂林举人，生长在秀丽的山水之中，崇尚自然。兴宁盆地由史前的湖泊演变而成，湿地连绵，有99个墩。他把其中5个墩圈在城池内，不求方正，但求自然、实用。工程完工后，颇受好评。秦知县冒着霏霏细雨登上城墙视察。只见城池状若

兴宁古城墙（杨裕　摄）

金龟，公署、城隍庙、学宫（孔庙）、粮仓点缀其中，分外夺目；街道上穿流的油纸伞，为城池增添了生机；远眺盆地，群岫遥列，中铺沃壤，美不胜收。他随口吟诗一首，把重建城池称为千秋伟业，当然，功勋也非他莫属了。可惜，这首诗未流传下来。

秦知县建成砖城后，又经多任知县增建、修葺，到清末时，城墙总长2087米，墙高6米多。设有四个城门，还建有重门。东门为朝阳门，西门为观澜门，北门为拱辰门，南门为迎薰门。护城河上建有吊桥。城池坚固雄伟，自然庄重。城外设有城关，其中西河背的城关叫永泰门，作为官府迎宾、亲人接送的标志性建筑。这座城池既保留了中国城池的传统风格，又富有客家特色，成为闻名遐迩的岭南古邑城池。

明正德九年（1514），被誉为吴中四才子之一的祝枝山接任兴宁知县。当时这里汉、瑶杂居，难免会有一些小冲突。唐代崇尚人神共治，每城必有城隍庙，作为冥界的地方官。和尚出身的朱元璋皇帝对城隍情有独钟，规定城隍神与现世行政机构相对应，其级别还高于现世行政长官。如知县为七品，即县级城隍为五品，天下皆同。祝枝山上任不久，便为城隍庙撰写了《城隍庙记》，他倡议：凡民事争执纠纷，经家族亲朋调解无效的，双方可直接到城隍庙起誓了结，不再反悔。这一招真灵，百姓一般的民事纠纷都不进官府而进城隍庙了，使得官府受理的案子锐减。祝知县心里喜滋滋的。他能腾出时间会友出游、题诗作对了。

兴宁盆地有一种原生态竹子，长得粗野高大，四季常青，成为一道风景线。祝枝山触景生情，赋诗一首《过林头，看修竹数量不断，甚爱，戏题》："五寸冲牙丈八矛，装成十万绕林头。莫欺楪子兴宁县，一半人家千户侯。"从字眼间可见，他对兴宁厚爱三分，富有情感。他执政七个年头，全县耕地增长了近一番；他还亲自主持编写了《正德兴宁县志》，政绩斐然。

有一次，祝枝山有客来访。当晚明月清风，他们同游城墙。映入眼帘的护城河里，城墙倒影犹如一幅长长的画卷，和风吹拂，河面泛起一道道银光。谈及政事，祝知县脸上露出了微笑。他们登上城墙瞭望，城内显得宁静、神秘；远眺盆地，月光如流水般倾泻而下，天空弥漫着透明的轻纱，田野如盖了一层薄薄的冷霜。祝枝山突然似有感触，轻轻地说："古人不见今夜月，今月曾经照古人啊！"客人理解他的感叹，他32岁中举，54岁为官，这一年他已近花甲，虽还有抱负，而岁月不饶人啊，真是人生短暂。明月真怪，可给人带来欢乐，也可给人带来伤悲。

古城有一座古老的学府，叫兴宁学宫，又称文庙。

民国后改称孔庙。其始建于1371年，后经多次重建和扩建，规模不断扩大，现保存的古建筑较多。明代大文学家汤显祖为尊经阁撰写了1250字的碑记，为学宫增添了一景。学宫是全县学子科举之路的第一站，不少学子从这里出发，走上了更高的学阶。据不完全统计，明清两代，全县共考取进士、举人278人，他们成了国家的有用之才，为家乡增添了光彩。1903年，兴宁学宫改为兴民学堂，著名爱国人士丘逢甲任首任校长，其先进的教育理念影响深远。现在兴宁享有"百员将军出齐昌，千名教授同故乡"的美誉，这与古老的学宫开创先河密不可分。

据流传，清末时有位知县到兴宁上任，迎接队伍到神光山下的接官亭迎接。他们经西郊古驿道向县城进发。到了永泰关，关联映入眼帘："七翟耿长庚，福星载道；五云昭大甲，多士登瀛。"知县蓦地想起此地人杰地灵，立即下轿，喝令停下锣鼓，慢慢地走过城关。

老街有座吕祖庙，其是东南亚"伸手缘"（道观）的始祖，规模不大，而声名远扬。清道光年间，这里是贡生陈其澡的房子，并辟花园，取名"蜗寄"。园内亭池花草，假山丝竹，幽通径曲，清虚雅致。陈贡生善交际，喜结文人雅士，家中时常高朋满座，琴棋书画，成为城里的一道文化景观。可惜其后辈不争气，后来家道破落，把"蜗寄"卖给宝成道观，改建为吕祖庙，还起了个好听的名字，叫"伸手缘"。"伸手缘"热心做善事，救助穷人，因此香火越来越旺。后来庙宇修建，极具豪华。爱心华侨把"伸手缘"引到国外，在东南亚发扬光大。1859年太平军攻打兴宁城，他们扬言破城后到"蜗寄"庆功，痛饮一场。谁知，兴宁城池坚固，他们久攻不下，只得知难而退。后来城里流传一首民谣："新街西面老街东，蜗寄名园此巷中；昔日匪人思痛饮，今朝吕庙响签筒。"

祠堂文化浓厚，是兴宁古城的一大特色。明清年间，客家人有一百多个姓氏家族从福建、江西等地先后迁徙到兴宁。他们先后在古城建起91间祠堂，其中陈、罗、李三姓氏为最多，有"陈七罗八李十三"之说。祠堂的建筑非常讲究，记录着宗族姓氏的源流与辉煌，鞭策后人记住血脉，留住乡愁。祠堂文化现已成为当地富有特色的乡土文化，经久不衰。

兴宁古城有一座典型的潮汕风格的豪华建筑，至今尚存，叫"潮州会馆"。这是兴宁"小南京"美誉的一个见证。潮商林先生是会馆的重要股东。其儿子林若从小在古城成长，二十世纪八十年代，他成了广东省委书记。

兴宁古城现在仍然是兴宁市政府的办公所在地。但由于历史的原因，现在古城已伤痕累累，残缺不全。值得欣慰的是，近年来当地政府重视对古城的保护，拨出专款修复了部分古城墙。

有一年回乡，我驱车参观古城墙。只见修复的拱辰门（北门）雄伟壮观，气势非凡。我沿着城脚前行，眼前的古城墙泛着古老的苍颜，一块块青砖长出了青苔，墙缝里长出了凋零的野草，偶尔可见烧有"城砖"字样的砖块。突然天空飘来乌云，下起阵雨，雨丝映在斑斑驳驳的城墙上，增添了几分苍凉。我止步返回，脑海里一闪：难道这是天公在为古城流泪吗？

兴宁市文化人李云庄先生说："兴宁古城虽已残缺，但仍不失为厚重的历史文化遗产，值价不可估量，必须保护好啊！"我突然想起法国卢浮宫博物馆有三件镇馆之宝，其中两件是残缺的艺术品：一是失去双臂的维纳斯女神塑像；二是缺头缺臂的胜利女神塑像。游人站在其面前，无不惊叹，艺术的力量使观众在想象中弥补了其残缺，谁也不会说其因残缺而失去了艺术价值。

兴宁古城，宝贵的历史文化财富，人们何时才能透过朦胧的面纱，去发现和欣赏其当年的风韵呢？

（写于2022年）

神光山

神光山，兴宁市第一名山。这座山以前叫南山。相传宋代时，南山脚下的寒门学子罗孟郊发奋读书，感动了神仙，神仙施个法术，让南山顶发出的五彩神光照亮罗孟郊的小屋，这就是"神光映读"的传说。罗孟郊刻苦攻读，19岁时高中探花，被朝廷重用。他为人忠诚正直，得罪了奸臣秦桧，后被秦桧陷害，忧郁至死。家乡人崇文，便把南山改名为神光山。

神光山风景奇丽，在三百多平方公里的宁江盆地上形如旗展，独领风骚，兴宁古城选址时就与此有关。古城建成后，物华天宝，人杰地灵。南汉乾亨元年（917）兴宁设齐昌府，是广东仅次于兴王府（广州）的首批设府地区，其显赫地位可见一斑。如今的神光山已获得国家森林公园称号，成为粤东地区知名的宗教文化旅游胜地。

2021年秋月的一个下午，我邀朋友重游神光山。

我们从景区西面进入，巨大的门楼刻着"神光山"三个大字。山口处，古榕树下有一块石碑刻着"石古大王"，这是为纪念当地史诗般的英雄"石古大王"而设立的土地神坛位。这位英雄姓甚名谁，其实并不确定，而为多数人认可的说法是石护国。传说在古代，神光山上野兽成群，附近乡村民不聊生。当地有位少年叫石护国，立志为民除害。他苦练了一身掷石绝活，并精心组织了一批伙伴，用石块消灭了山上的恶兽，使村民能够安居乐业，繁衍生息。石护国因此成了民众心目中的大

神光山风景区（黄益平　摄）

英雄，后被南粤王赵佗敕封为"石古大王"。旧时，梅州客家乡村立土地神坛很普遍，村民有灾有难时习惯去拜土地神，以求保佑。而"石古大王"是由帝王敕封的土地神，其地位非同一般。

以前兴城有一个特殊的节日，叫"石古大王"下山。每逢年初八，举行"石古大王"下山巡游仪式。年初九，民众上山拜祭"石古大王"。有一年，时任知县参加活动时挥笔写了四个字"岩固天全"。有位秀才脱口即赞："妙！妙！妙！这是拆字词，岩固天全，山口一人，石古大王。"知县惊叹："此地有人才也！"

山口的另一侧有个亭子，叫望兴亭。站在亭中眺望，辽阔的宁江盆地一派生机，诗意盎然；兴宁城区尽收眼底，一幢幢高楼大厦拔地而起；千年古城，沧海桑田，令人浮想联翩。

山口的下方有座古墓，墓主人是唐朝宦官仇士良。据《辞海》记载，仇士良（781—843），字匡美，循州兴宁人（广东兴宁人）。仇士良任朝廷要职二十多年，掌握军政大权，在职期间，共杀死二王、一妃、四宰相，被称为史上权势最大的宦官。仇士良死后被其后人偷偷葬在神光山上，有人怀疑这是衣冠冢，但无法考证。

山口三个景点的布局，有人为的规划因素，也有冥冥之中的安排，耐人寻味，令游客发挥想象空间。

从山口前行不远，映入眼帘的是一个小小的湿地公园。只见弯弯曲曲的引桥在湿地上腾空而过；湖中的野草长得浪漫；站在芦苇上的几只小鸟在微风中摇曳，幽雅并生。路边有个男子正在给幼童照相。男子说："小宝站好，这里是仙境，我给你照几个靓照。"幼童一手叉腰，扭动着身体，调皮地问："爷爷，我帅不帅？"

我们没有继续前行去观赏花木景观，而是从侧边的越岭山道上山。山风习习，宁静可人。山岭的林木茂密，一棵棵青松挺拔修丽，偶见几棵古松，盘根错节，树干斑斑驳驳，松叶如针。这座山自古长满松树，不管春夏秋冬，风霜雪雨，松树始终生机勃勃，翠绿苍劲。松树是英雄的象征，也是这座名山的魂魄。北伐战争时期，黄埔军校的教官和学生北伐途中，挥师兴城。他们曾在神光山进行过一场激战，16位英雄在这里牺牲。北伐军攻克兴城后，中山先生逝世的消息传来，北伐军在大坝里举行追悼会，悲痛的氛围一时笼罩兴城。现在的神光山，建有多处革命英雄纪念碑。每到清明时节，无数的青少年来这里扫墓，接受革命传统教育。

密林深处有个祖师殿。亭院不大，门前有棵千年古榕，根深叶茂。清代梅州大才子胡曦有诗咏之："乞向青山抱其寿，等闲阅过晋唐年。"这里是神光古寺的原址，二十世纪八十年代，为扩大神光寺规模，移位重建，这里便改为祖师殿，专门供奉中国佛教"横山派"始祖牧原和尚。牧原和尚原名何南凤，明朝人，出生在本市石马镇，天生腿残。他天资颖异，诗文俱佳，曾中举人，但放弃仕途，走进佛门。有一次，他在寺院拾到一把纸扇，便在上面题了一首诗，后被丢扇的女施主拿回了家。女施主的丈夫见扇上有诗，怀疑她有外遇，便大闹了一场。女施主感到委屈，自尽以示清白。何南凤闻讯，惭愧万分，当即取刀砍去了自己的几根手指。他曾在神光山曹源寺任过住持，写过很多咏神光山的诗句，其中流传最广的是："莫问神光往日事，盈眸物色静中移。"他先后在广东、江西、安徽建了72座寺院，创立了"横山派"，主张"禅不必拘于形式""禅儒相通""自信即佛"，他自己就曾娶妻生子，在江西留有一脉。何南凤于顺治八年六月六日辞世，他留下遗言："本无来，安有去？去犹来，来何异？合生死，总游戏。"也许此乃其一生修炼之大成。他的门徒遍及东南亚和日本，泰国知名的龙福寺原住持石善光就是其六传弟子。如今泰国亦僧亦俗的佛家信徒特别多，与"横山派"的影响不无关系。

　　沿祖师殿陡峭的台阶往下走几十米，就到了神光寺。该寺年代久远。传说在北宋年间，有位朝廷官员被贬到潮州，途经宁江盆地时，神光山的景象令他惊叹不已，他建议在此修建佛寺。乡民采纳了他的建议，在北宋嘉祐三年（1058）建起了佛寺，取名寿庆寺。寺院建成后，香火鼎盛，远近闻名，为神光山添了一景。

岁月沧桑，千年古寺曾只剩下残垣断壁、萋萋芳草，还有那棵孤零零的古榕。改革开放的春风吹来，二十世纪八十年代，旅泰华侨、龙福寺住持彰慈和尚石善光回乡观光，他登上神光山，百感交集，思乡之情愈浓。在当地政府的支持下，他动员了一批华侨捐款重建神光寺。重建的神光寺扩大了规模，缘承神光古寺建筑风格，修缮其南传风格的大雄宝殿，寺院雄伟壮观，大气庄重，古朴典雅。

我们游览完神光寺，太阳已匆匆西下，晚霞染红了天际，映照在宁江盆地，一片金黄，如油画般美丽。

下山的路上，游客仍络绎不绝，有的人穿着时髦的运动服，手里拿着一条毛巾，脸上不乏幸福的笑容。他们多数是城区居民，利用早晚到这座公园休闲锻炼，陶冶情操。

神光山没有峻险奇峰，也没有绝壁深渊，却以奇丽的风光和厚重的人文底蕴吸引了历代的文人墨客。明代文豪祝枝山任兴宁知县七年间，曾多次游览神光山，其流传最广且留下墨迹的作品为《游神光山》："出郭西南五里强，翰林留得读书堂。漫漫古岫云烟薄，寂寂闲坡草树芳。几点远村依野水，一间空殿锁斜阳。山灵为我乡人问，更许何年会有光？"诗人赞美神光山，而似乎也带有几分伤感，仰天长问："更许何年会有光？"我想，祝枝山如能穿越时空，旧地重游，眼前的景象不正是他所期望的吗？

（写于2021年秋月）

鸡鸣山下

　　永和鸡鸣山，是兴宁市"古八景"之一，古诗句"鸡鸣春晓开窗牖"指的就是鸡鸣山。这座山坐落在永和镇锦洞村，海拔538米。这个绝对高度算不了什么，但在平原冒出这座山峰，可就神奇了。以前这座山叫鸡灵山，相传宋代学子罗孟郊曾攻读于与鸡灵山遥遥相对的神光山下，每当天亮时分，闻鸡灵山有雄鸡报晓，便起床攻读，十年寒窗，19岁时高中探花，官至谏议大夫、翰林学士。后来，鸡灵山改名为鸡鸣山。

　　1976年秋，我作为县工作队队员被安排在永和镇（当时叫公社），驻在锦洞村。永和历史悠久，据1982年本镇猫子窑山考古发现，这里新石器时代已有古人类居住。这个镇有山区、丘陵、平原，不同地理环境生活的人相处在一起，形成了永和人包容宽厚的性格。以前这里的地名叫温何，之后不知是何高人动议，改名为永和，立意为永远和睦。

永和是纸扇之乡。纸扇是引风器具，有道是："扫却人间炎暑，招回天上清凉。"纸扇又是艺术品，古今文人雅士喜欢在扇面上舞文弄墨。有人说永和人比较优雅，也许与纸扇不无关系。

锦洞村是一个狭长的村子，山岭盛长草木，山脚下一座座古老的民居，给山村增添了些许沧桑感。村子的尽头就是鸡鸣山。不知从何时开始，村民普遍有了加工腐竹的手艺，小作坊遍及每家每户。进入村子，"腐竹排排泛油光，山村处处飘豆香"。客家人喜欢吃腐竹，因其不但营养丰富，美味可口，而且兆意好。客家话中"腐"念"富"音，因此腐竹象征富贵。

尽管村民普遍有加工腐竹的手艺，而他们的生活仍普遍贫困。但这里民风淳朴，邻里和睦，哪家来了客人，或外出工作人员回家，邻居总喜欢去串串门，坐下来喝杯茶，寒暄闲聊一番。一次，村里有位华侨带回了一台收音机，造型精美，音质很好，这成了村里的新闻。不少邻居都跑去看这个洋东西，连目不识丁的老太婆也去凑热闹，拉长耳朵听听"木盒子"里发出的声音，还伸手去摸摸，沾点洋气。在那个年代，"三转一响"（自行车、缝纫机、手表、收音机）属家庭的高档用品，如果家里配齐了这些，男人要讨老婆就易如反掌了。但那个年头的山区农民连温饱都成问题，要实现"三转一响"近乎天方夜谭，可望而不可即。当时城乡差别很大，精神层面又更甚于物质层面，城里人有优越感，条件好一点的姑娘，"宁嫁城里无业汉，不嫁山区凤凰男"，有的为人父母者更甚，如女儿要找山区的男人成婚，不惜断绝关系，可见当时山里人的生活景况了。

客家人崇文，村民普遍都有文化，就连白发苍苍的老头也懂得"四书五经"，讲起古典来眉飞色舞。生活贫困没有让他们唉声叹气，愁眉苦脸，也许这是客家人传统特质的一个方面。到了夜晚，有的村民喜欢提一桶温水，到门外僻静的屋檐下洗澡，沐着清风，望着星星月亮，品着草木的芬芳，洗涤一天劳作的疲劳。这是他们一天中最高级的享受。

鸡鸣山顶上有个麒麟寺，历史悠久，百年香火不断。而在破四旧的年代，其被当作封建迷信，遭到口诛笔伐。因此僧人下山还俗，寺院关闭。然而，信徒们的佛心未改，有一次，一个信徒偷偷去焚香敬拜时不慎引起火灾，烧了寺院一角。其他信徒闻讯，从四面八方送木材、砖瓦上山修补，没几天就修好了烧坏的寺院。听到这个信息，我邀了五六个工作队队员上山去看个究竟。

这一天，我们没有向导，凭着方向感摸索上山。为保安全，有的队员还带上了防身木棍。队员中的"开心果"老吴，带上了当时难得的海鸥牌照相机沿途采风。上山的队员都是年轻人，大家兴高采烈地穿行在浓密的草木之中。荆棘丛中偶然可看到剧毒的植物"大茶叶"，又称"断肠草"，如饮服了它，必死无疑。旧时有的山里人寻短见，普遍都服用它。如今科技发达了，寻短见的方式也多了科技元素，五花八门，甚至有的人自杀还要直播。

离山顶不远处，有一口山泉，水池不大，清澈见底。我们一个个争相用手捧起泉水大口大口地喝起来。泉水非常清甜，沁人心脾。听说此处的泉水，足可以满足山顶寺院十台筵席使用。信徒们称此处泉水是神水，而令人不解的是，如此奇泉，为什么没有文人为它起个艺术化的名字呢？

我们爬到山顶，麒麟寺大门紧锁。翻墙入院后，只见院内一片寂静，佛陀微笑依旧，似乎在迎接我们的到来，几只受惊的小鸟在里面乱窜，使寺院更增添了几分神秘。走到山顶高处，绿树成荫，蝉鸣鸟语，举目风光无限，逶迤群山，田园美景，尽收眼底。

岁月转眼即逝。2020年秋，我回家乡时住在鸡鸣山下的熙和湾花灯小镇。这里原为锦洞、长安、蓝排、三枫等村的土地，是我非常熟悉的地方，而现在已成为全国文化旅游开发重点项目和美丽乡村建设的典范，被评为四星级旅游区，接待了众多国内外游客。

熙和湾中央有一个美丽的湖，环湖建有客家特色的各种建筑；湖边绿树成荫，繁花似锦，沿湖的木栈道上游人如织，其中不乏附近的村民。以前这个湖是用来灌溉农田的小水库，建成旅游区后，换了个漂亮而风雅的名字，叫凤栖湖，据说这是因为湖的形状像"凤"的身躯。客家人对"凤"情有独钟，以前不少乡下人生了女孩时喜欢在其名字中加个"凤"字，因此至今乡村里有不少叫"长凤""二凤""金凤""银凤"的人。

熙和湾景区（黄益平　摄）

"凤"，是美丽的象征，名字中加个"凤"字，也是对女人的赞美。客家妇女向来是值得尊重的。本地就有一个故事：古代曾有一位姓石的张夫人，在刚经历过丧偶之痛后，带着儿子经过永和，看到这里土地肥沃、人烟稀少，便在这里安居创业、开拓繁衍，造就了张家的大业，并为当地的发展做出了突出贡献，被子孙后代尊称为石祖婆，成为巾帼英雄。斯人已去，天地长存。

我所住的凤栖湖湖边小楼，犹如熙和湾观景台。清晨我拉开窗帘，微风习习，凤栖湖鳞波道道，不时有小鸟在湖中掠过，朝阳透过晨雾照在湖面上，湖山一色，湖水中倒映的花灯塔分外夺目，整个熙和湾如梦幻般神奇，精美绝伦，真是"丹青妙手画不到"。

花灯塔是景区的主体建筑，坐落在景区山岭的至高处。花灯塔是仿传统花灯造型的艺术建筑，塔高7层36米，建筑面积1650平方米，创吉尼斯世界纪录。室内是花灯博物馆，展示了国内外各式各样的花灯，有皇宫的，有民间的，有古代的，有现代的，琳琅满目。

兴宁花灯是闻名的，被评为非物质文化遗产，因此兴宁享有"花灯之乡"的美誉，近年来设有花灯文化节。兴宁花灯与京城的六格花灯（宫灯）一脉相承，蕴含着千百年来厚重的客家民间艺术和客家文化，在众多花灯中独树一帜。几百年来，兴宁就有独特的赏灯节，在春节过后十天左右，每个乡村分别举办这个节日。旧时因人丁稀少，每生一个男孩（俗称添丁）都成了村里的喜事，因此，他们把赏灯节和庆祝添丁糕合在一起举行。这个节日已成为兴宁最隆重的传统节日，其重要程度超过春节和中秋节。有的华侨和港澳同胞喜欢利用这个机会，携带自己的子女回乡认祖并过赏灯节，以培养后辈的爱国爱乡之情。

兴宁赏灯节一景（林佛全　摄）

我站在花灯博物馆观景台上，遥望鸡鸣山，不禁产生了重游的强烈想法。次日，我驱车重上鸡鸣山。鸡鸣山现在是旅游景点，昔日的羊肠小道变成了水泥山道，不再崎岖，小车一会儿工夫便到了山顶。寺院有了变

化，门口新竖立了一座伟岸的雄鸡雕塑。大门已敞开，
院内有几位工作人员是锦洞村的村民。岁月沧桑，我们
彼此已不认识了。我站在山顶，俯瞰山下，春潮涌涌，
气象万千，乡村美景，一片锦绣，熙和湾如一颗璀璨的
明珠，分外夺目。此情此景，令我明白了为什么现在不
少城里人会羡慕乡村生活。

（写于2021年）

话说合水

离我老家不到二十公里的地方，有一个闻名的风景区，叫合水。以前村子到合水并不直接通公路，步行须走大半天，因此，要想去合水逛逛并不容易。

记得小时候，我常与几个小伙伴在村间的小河里玩耍。小河水清澈见底，静静地流，不时有一群群小鱼慢悠悠地游弋，甚是迷人。一天，孩童们各自折了只纸船放在小河里漂流，看谁的走得快、走得远。孩童们一边吆喝，一边踩着河水追赶，玩得满身是水，不亦乐乎。有位长者对我们说："不要追了，你们的船会一直漂流下去，几天几夜后能漂到合水水库。这个水库是神仙肚，再多的河水到那里都会变得无影无踪。"

"什么是神仙肚？""神仙肚为什么那么神奇？"孩童们你一言我一语地争论起来，各自的想象空间犹如神话世界。

长大后我才知道，合水水库是兴宁县于1957年建成的集防洪、灌溉、发电于一体的大型水库，水库建成后成了风景区，有"粤东明珠"之美誉，还被列入《中国名胜风光大词典》。贺龙、聂荣臻、叶剑英三位元帅及陶铸、罗瑞卿等国家重要领导人先后在这里留下了足迹。合水，成了本县一张亮丽的名片。

兴宁县历史悠久，两千多平方公里的土地如船状。北部几个镇山高林密，河水丰沛。罗岗、黄陂、大坪等三条河流到合水交汇而成宁江主流，蜿蜒穿过肥沃的盆地向南奔去，汇入梅江。空中鸟瞰，宁江水系的几十万亩良田尽在"船"中。合水处在山区向盆地过渡的地理位置上，三河交汇后，水流落差大，河弯流急，古时常有船只在此翻船，令船工望而生畏。每逢山洪暴发，上游五百多平方公里的积雨汇成洪水喷涌而出，造成河堤时常决口，良田受淹，乡民遭殃。民间传说，合水自古有两条妖龙，一条叫小青龙，一条叫小黄龙，它们长期因争夺地盘而打斗。还说有乡民曾目睹双龙大战，打得河里巨浪滔天。明朝年间，慈善人士纷纷解囊捐资，在蟒水形山顶建了一座镇龙宝塔，以镇住妖龙，为民除害。然而妖龙仍作恶不断，有一天，它们打斗得天翻地覆，把镇龙宝塔也震垮了六层。乡民无奈，船工更为悲惨，民间流传一首船篙诗："想当初，绿叶婆娑；自归郎手，绿少黄多。莫提起，一提起泪洒江河。"这是当时对船工的形象写照。新中国成立后，政府大力兴修水利，在合水兴建了大型水库，从此宁江水患才得到根治。政府还拨款按原样修复了镇龙宝塔，并更名为花塔，使之成为库区的一道风景线。

二十世纪七十年代，我正在上中学，村里的宗兄日初老师邀我去合水游玩。日初老师在师范学校毕业后回乡村当教师，虽工资不高，但已属公职人员，在当时是令人羡慕的青年。他在城里见过世面，懂得生活，性格开朗、阳光。他用平时省下来的钱买了一辆二手自行车，车子虽破旧，电镀的手把已看不到一点光亮，车身也锈迹斑斑，但这仍是当时的"奢侈品"，令人心生艳羡。我和他是忘年交，彼此还是邻居，如有闲暇，常在一起谈天说地。我坐上他的自行车，兴奋无比。我们说说笑笑，不知不觉就到了合水水库。

进入库区，我眼前一亮，上千米长的主坝厚实雄伟，紧锁三河。站在主坝中央，只见四周峰峦苍翠，群山环抱；浩渺的湖面碧波荡漾，波光粼粼；偶有轻舟游弋，泛起一道道涟漪；一座座绿岛，点缀其间。举目望去，蓝天碧水，库区如仙境一般。

我们乘游船游览库区，眼前的美景让人心旷神怡。我有一位堂叔在库区的当峰岭农场工作，他叫初运，是老员工。因此，当游船经停当峰岭时，我们离开这班游船去找堂叔。初运叔见到我们特别高兴，热情地招呼我们，但刚吃完午饭他又要去忙工作了。他是"老黄牛"，人缘好，工作认真踏实，获得过很多荣誉。当峰岭不是景区，我们随意溜达，漫山遍野的柑橘树，郁郁葱葱；还未成熟的果子沉甸甸的，力压枝头，一派丰收的景象。合水柑橘清甜可口，闻名遐迩，以前主要是供国家出口创汇还外债。记得我小时候，每逢春节，初运叔都会带合水柑橘回家，并送给邻居。有的孩童得到柑橘，非常高兴，用精美的小网袋吊在脖子上，久久舍不得吃，当取下来品味时，里面已经开始腐烂，只能懊悔没有早一点吃掉柑橘。

湖心岛有个古亭，方正简洁，墙体朱红，古色古香，叫湖心亭。这个亭子的出名与贺龙元帅有关。1961年11月6日，贺帅风尘仆仆来到合水视察，他被眼前的美景吸引了，即兴在湖心亭垂钓。贺帅是钓鱼迷，据说在战火纷飞的年代，他身边也时常有钓鱼竿。不知他有什么魔力，钓钩刚落，就有一条鱼上钩。不一会儿工夫，贺帅就钓起一条大鲩鱼、两条鲤鱼。这天，厨房杨师傅别出心裁，用贺帅的"劳动果实"做了一顿富有客家特色的"全鱼宴"。贺帅赞不绝口。从此合水的"全鱼宴"出了名，湖心亭的名气也更大了。

花塔在蟒形山的高处，登高望远，湖光山色，风光迷人。而当时管理比较粗放，塔下杂草丛生，不乏沧桑感。

这次合水一天游，游兴未尽，我们便打道回府了。虽然景点未游完，而合水的美景已给我留下了难忘的记忆。记得我第一次与几个朋友到照相馆合影时，选择的背景就是合水风光。

二十世纪八十年代，我在梅州《嘉应日报》（现为《梅州日报》）当记者。当时合水鱼苗场淡水育珍珠名扬海内外，菲律宾渔业专家专程来学习取经。我在采访时，其随行翻译告诉我，来宾对合水淡水育珍珠感到

合水水库（黄益平　摄）

惊奇，他猜想这里有良好的水质条件。当看到合水水库时，他已明白了一半。这一天我下榻在合水招待所，其后山不远处是烈士陵园。次日上午，我独自去陵园散步。园内绿树成荫，静谧肃穆。沿小山台阶而上，就是庄严雄伟的烈士纪念碑。其主体三十多米高，坐北向南，远眺宁江。建筑平台的周围，苍松翠柏环绕，神圣庄严。站在平台上，合水风光一览无余。

烈士纪念碑的初始碑文是时任副县长张花谷撰写的。张花谷是晚清秀才，曾加入同盟会，参加过民主革命。他是个大才子，才华横溢，擅诗文、书法。碑文的开头是："山环水绕，风光绚丽；鸟瞰宁江，怀抱盆地。每逢佳节倍思亲，幸福日子不忘前人；人民英雄永垂不朽，立碑合水以慰英灵……"碑文文辞厚重，情感丰富，感染力强，是一篇难得的散文佳作。纪念碑建成后，每年都有不少青少年到这里接受革命传统教育。县城有一所小学，在组织学生参观纪念碑时，语文老师布置了特别的作业，要求学生现场抄写碑文，回去背诵。有位姓李的男同学抄着抄着，深受感染。回去后他把碑文背得滚瓜烂熟，还模仿着写作文，坚持不懈。时间长了，他的写作水平提高了，能写出一手好文章，老师称他的作文不乏"花谷体"的韵味。他长大后，品学兼优，入职政府机关，成了一位专业写手。

　　我近年回乡，驱车重游合水。只见库区一片宁静，风光旖旎，似有几分神秘。市旅游业知名人士老池告诉我，随着城市的发展进步，如今合水水库已作为重要的水源地加以保护。我驻足在主坝中央，眺望库区风光，寻找当年的记忆。突然，一支长长的摩托车队伍鸣笛而过。我到烈士陵园时，才知道刚才的摩托车队伍是到这里举行纪念活动的。他们都是宁江儿女，改革开放后富裕起来了。今天他们相约驱车沿宁江而上，直达烈士纪念碑向英雄先烈献花、敬礼，用特别的方式缅怀革命先烈，告慰英灵。此情此景，令人心潮澎湃，思绪万千。

　　合水，您是美丽的风景区；而烈士纪念碑，则是最夺目的地方，因为这里有可敬可爱的先烈们留下的殷殷嘱托。

　　　　　　　　　　　　　　（写于2021年）

兴宁毛笔旧事

我上小学三年级时，新增了一门毛笔写字课，老师姓周。周老师上第一堂课时说："今天上一门新课，叫写字课。毛笔书法是我们的国粹，毛笔字写好了，你们就是半个知识分子了。我县盛产毛笔，且很出名，今天同学们用的毛笔就是本县产品。"但不久因动乱的缘故，我们只上了几节写字课就停了，后来，我也再没有碰过毛笔，这成了我人生中的一件憾事。但我从此知道了兴宁毛笔。

二十世纪七十年代中期，我作为县驻队工作队队员被安排在附城的和一大队。这里是丘陵地貌，大片的稻田与一座座小山包相间，古朴的民房点缀在山脚下，房前屋后，翠竹婆娑，微风吹来，可听到沙沙的响声。

进村前，有关领导给我们介绍过和一村，认为这个村资本主义的突出表现是农民重商轻农，地下毛笔加工严重，出现了一批倒卖毛笔严重的资本主义代表人物，严重影响了农业学大寨。

我知道，兴宁是奇特之地，在山区中有大片的平原和丘陵，这些地方人多田少。因此，兴宁自古小手工业发达，商贾云集，县城素有"小南京"之称。文人骚客曾为此写过一首打油诗："铁网挂城头，金龟水上浮，任凭天下乱，兴宁唔使（不用）愁。"抗日战争时期，为躲避战火，大批潮汕地区难民举家逃往兴宁，也许他们少不了被这首打油诗影响。他们在此安居乐业，繁衍生息，融于客家。我曾经的老领导老池，其父辈就是抗日时举家逃往兴宁定居的。老池有潮汕人的精明，又有客家人的好学，交往广泛，成了"县城通"。谈起地方典故，他神采飞扬，娓娓道来。我曾听他讲过兴宁毛笔的趣事，几十年过去了，至今记忆犹新。

和一村人均三分地，男人们以经营毛笔为主业，作坊遍及家家户户。在割资本主义尾巴的年代，这是大逆不道的。因为在当时看来，工人应该做工，农民应该种地，农民不种地就是不务正业。大队有个集体毛笔厂，安排了一两百号人，而还有很多有技能的农民是无法安排进去的。况且进去的人也只能拿工分。我"三同"（同吃同住同劳动）的生产队有几十户人，几乎家家户户都有毛笔作坊，卧室、厨房就是现成的场地。俗话说："毛笔一把毛，神仙也摸不着。"而他们的手指似长了眼睛，在昏暗的灯光下，能把毛笔头裹扎得整整齐齐，均匀平顺。他们白天下地干集体活，晚上在家加工毛笔。在集体厂上班的农民，下班后也马上进入自家的毛笔作坊。有位老农在我面前感叹："我们祖祖辈辈靠做毛笔过日子，如现在不做毛笔，怎么维持生活呢？"

当时，农民采购毛笔原料和销售毛笔产品是无法公开的，只能靠地下渠道，这就形成了一支地下营销队伍，脑瓜子好使的人可在其中大展拳脚，赚取销售环节的利润。他们出行时，用的证明是假的，合同也是假

乡村小景（林佛全　摄）

的，全凭一张嘴去讨得买家的信任。

村里有位营销毛笔的好手姓王，一次他在外地找到须购货的供销社主任，主任正在下棋，王某无奈在旁观战了几个小时，但主任仍没有结束的意思。正在王某心烦意乱之际，主任碰到危棋，紧锁眉头。王某在主任耳边轻轻说了几个字，只见主任豁然开朗，反败为胜。对手不悦地不玩了。主任拉住王某要与他对弈。王某假意推辞说还要去推销毛笔。主任拍拍胸脯说："找我就行。"结果他们大战了不知多少回合，真可谓"棋罢不知人世换"，这笔毛笔生意当然做成了。王某的才干由此可见一斑。

我曾经不解，他们的假证、假合同哪里来的呢？有位老农偷偷告诉我秘密，原来方法很简单，技术含量并不高，极易掌握。他们还有一套暗语，如：证明叫"朵里"，卖毛笔叫"跳尖李"，偷渡叫"跳沥李"，等等，局外人即便听到也云里雾里。

村里的男人们普遍以经营毛笔为生计，走南闯北，情商高，有自信。我曾与一位毫不起眼的老人聊天："你的毛笔字写得怎么样？"他说："我们做毛笔的人当然写字也可以了。"说完，他脸上露出了得意的笑容。他给我讲了一个故事：我们县曾有一个姓张的县长，毛笔字写得十分了得。一次，他与一群文人雅士闲聊时，抬起右手扣下拇指问大家："我们县毛笔字算得上的有几个？"大家知道扣下的拇指俨然是他自己了。这位张县长喜用的毛笔都是本县名师制作的，他说这比什么名笔都强。

也许因为加工毛笔比种田赚钱，这个村的整体生活水平要高于一般的乡村。但到了荒月，断粮的农户也有。政府每年都会发放救济粮，享受救济粮的多为老实听话不敢私做毛笔的农民。有一天，我看到一个贫困户没有下地干活，提着猪肉从街上回家。他尴尬地解释："今天是农历四月十六，是村里的节日。"经追问，我才知道他们奉秦朝蒙恬大将为"笔师爷爷"，每年蒙恬的生日这天为村里的固定节日。在他们眼里，毛笔是衣食父母，吃饭不忘笔师爷。这些弟子有情有义，蒙将军在天之灵应感欣慰。

毛笔产业是兴宁的传统产业，二十世纪七八十年代曾经辉煌。当时上规模的工厂有兴宁文化用品厂、宁塘毛笔厂、一毛笔厂、永和大成毛笔厂等等，此外还有众多家庭作坊。兴宁毛笔的产量大，品种多，性价比高，因此在国内市场占有相当大的份额。兴宁文化用品厂出品的"点翠"狼毫笔，还曾连续两次在全省毛笔质量评比中夺魁，引来不少远地用户来函索购。

兴旺的毛笔产业，曾经成就过一批商人。以前东南亚国家的华侨有烧毛笔的传统，有钱人凡是子女上学，都要烧大量毛笔，祈求文星高照，学业有成。本县有位商人抓住商机，出口毛笔到这些国家。他富有头脑，把笔杆和笔头分船海运，到了国外再连接上变成品，但均按成品买运输保险。有一次笔杆在运输途中翻了船，保险公司按成品做了赔偿。毛笔的笔杆不值钱，主要价值在笔头，因此仅这次赔偿他就发了大财，成了富翁。

前不久，我与兴宁市文联原主席杨立权闲聊时，谈及兴宁毛笔旧事。杨主席是书法爱好者，对家乡毛笔的历史如数家珍。他说在家乡毛笔历史中，宋朝罗孟郊值得浓墨重彩。罗孟郊是刁坊人，自幼聪颖过人，勤奋好学，结庐神光山下，焚膏继晷，刻苦求学，终于金榜题名，考上了探花，官至朝廷太学博士。但后来因为人正直，被同朝奸臣秦桧迫害，忧郁至死。罗孟郊青少年求学时用笔无数，洗笔砚不过夜，可谓"石砚不教留宿墨，瓦瓶随意插新花"，洗笔砚的水池成了墨状。后人为了纪念他，把这个水池叫墨池，村名也叫墨池，还在旁边建了墨池寺，现在已经成了旅游景点。相传罗孟郊对毛笔特别有研究，当然，我无法对此考证。

客家人自古重人情，讲究礼尚往来。旧时乡下人邻居生了孩子，都要送上几个鸡蛋，聊表邻里之情。而文人雅士交往，则常以毛笔为礼物，高雅得体，既实用又可做陈设品。明朝"吴门四才子"之一的祝允明（因右手多一指而自称"枝山"），曾任兴宁知县七年多，其才高八斗，书法一流。他在兴宁任知县期间，因大力兴修水利而使农业大发展。同时，他还非常重视文化建设，亲自动手编写了《正德兴宁县志》。不消说，祝允明一生的主要事功，应该在兴宁知县任上。传说他有个习惯，当有外地文友来了，往往会送上几支毛笔，而与当地人士的重要交往则以诗书做礼品。一次，受邀出席一位绅士的重要宴会，他以"可以清香也"五个字做礼物送之。绅士一看，拍手叫绝。原来这是趣味诗句："可以清香也，以清香也可，清香也可以，香也可以清，也可以清香。"此成为流传甚久的趣谈。

　　近年来，我常有闲暇，欲补修小学三年级停下的写字课，遂想起家乡的毛笔来，当听说之前红红火火的毛笔产业如今已惨淡凋零，我不免有些伤感。其实，这也不奇怪，现在是市场经济，优胜劣汰，全靠看不见的手在主导。但我想，家乡的毛笔产业历史悠久，根基厚重，有朝一日再创辉煌，也未必没有可能。而不管如何发展，毛笔产业都会在家乡文化之乡建设的历史中留下浓重的一笔。

（写于2020年）

故乡的小河

久居城里，厌倦城市的喧闹，脑海里时常浮现故乡的情景，特别是那条在我家门前逶迤流过的清清亮亮的小河。

故乡的小河很小，小得没有名字。它弯弯曲曲，蜿蜒贯穿整条村子，好长好长。它是大自然的点化。小河两边，倚山建着一座座砖瓦平房，河堤是当然的村道。小河上下架起一座座小木桥，远眺山村，是一幅"小桥流水人家"的抒情景色。每当夕阳西下，晚霞染红了河水，耕忙归来的农户，摇着尾巴的牛群，河边嬉闹的儿童，农舍袅袅升起的炊烟，像一幅美不胜收的图画。我参观过祖国壮丽河山的不少名胜，领略过欧美风光的景致，令我感受最深的，仍然是留下我童年足印的小山村。

故乡是梅州地区的一个小山村。梅州地区是客家人聚居之地，有崇尚文化的良好传统，家里再穷，都要送儿子读书。因此，村里人一般都有文化，很多不起眼的老年人都会讲四书五经、《三国演义》《水浒传》。既然是文化之乡，为什么不给村里的小河起个名字呢？也许是客家人不务虚名，崇尚实际，村子叫河岭，河与岭结为一体，就没有必要为小河另立名号了。

村民的生活离不开小河。农田灌溉，洗衣洗菜，有的村民还在小河取水饮用。小河的水总是很清，随便找个沙滩挖个井，取出的水就可以饮用，很甜，比城里人

上河岭村中村全貌（黄奕华　摄）

饮用的经过科学方法处理的自来水好得多。小河边的景色是迷人的。客家人吃苦耐劳，习惯于早上起来，饿着肚子先去打一担柴草，或放一阵牛，回来才吃早饭。每天天蒙蒙亮，透过朝雾便见到一群群人在弯弯曲曲的河堤上匆匆出发，远远望去，宛如画家笔下的《晨曲》。上午八九点钟，刚吃过早饭的村妇们都聚集在小河边洗衣服。她们在交流一天来各自得到的信息，有说有笑，好像在举行别开生面的新闻发布会。哪家的媳妇勤劳，哪家的媳妇孝敬父母，哪个男人怕老婆，哪个男人打老婆，都会成为她们议论的话题。如果有个男人也到河边洗衣服，就更热闹了，马上会有人挑逗他："你是不是打了老婆，要你来洗衣服？"然后村妇们你一言我一语，把他弄得有口难辩，哭笑不得。客家人的风俗，洗衣服的活，天经地义是女人们干的。客家妇女往往包下了田头地尾（农活）、灶头锅尾（做饭）、针头线尾（针线活）各类繁杂家务，好让男人安心外出读书、做官、做生意。中国改革开放不久，我在一个新闻单位工作，曾陪同台湾一家杂志的摄影记者钟俊升先生采访客家妇女。钟先生深为客家妇女的精神所折服，感慨地说："我有个客家女做老婆就好。"

小河边长满野草野花，我说不出它们的名字，不过有几种草药却印象很深。如可以治疗咽喉炎的蛇舌草，可以治疗感冒的老蟹夹，可以治疗痛疽的七叶一支花，可以解毒暖胃的艾草……村里人小病不去看医生，到河边采草药服几剂就好了。山里人身体强壮，长寿者多，与自小少服西药有关。有的人一辈子也不知西药为何物，更没有打过针。

小河是寄寓我童年乐趣的地方。孩提时代，我常到小河玩水，捉鱼虾，采野花，玩得不亦乐乎，弄得满身泥水回家。到了夏天，更是开心，经常邀几个孩子，偷偷摸摸到小河的水潭自学狗爬式的游泳。奶奶经常给我们讲关于"水鬼"的故事，说"水鬼"威力无比，专吸小孩的血，吓得我们吐舌头，但几天过后又忘记了。到了十一二岁，我们兄弟俩学着大人养鸭子，刚孵化出来的鸭苗，一般放养三个月可长两斤肉。有一年，我们居然把三只鸭子养大成母鸭，下了蛋。小河里鱼虾多，鸭子吃得好，几乎每天都下蛋，兄弟俩好不高兴。谁知有一天，到了很晚，鸭子还没有回来，我们找了好久，始终没有找到。有人说鸭子肯定是让心孬的人送进肚子里去了。我们兄弟俩为此伤心了好多天。小河边，明月下，山村非常美丽。到了十五十六的夜晚，青年人喜欢三五成群到小河边散步聊天。山里人保守、纯洁，男女晚上不成堆。若哪对男女青年晚上在屋外散步，会招来没完没了的闲话。山里人找对象比较简单，一般是媒人牵线，约好某日，在双方父母的陪同下到圩镇会面，如双方满意，便由男方请客吃饭。吃饭就算是婚约。下一步是女方到男家"查家门"，看男方的家境。如家境不错，就算订婚了。他们不像城里人喜欢马拉松式的恋爱。环境和条件使他们只能先结婚后恋爱。他们没有那种花前月下卿卿我我的浪漫，也没有经历过缠绵悱恻欲哭还咽的恋爱痛苦。

温柔的小河也有狂暴的时候。一年龙舟季节，山洪暴发，洪水疯了似的从四面八方冲进小河，小河发怒了，山村的一座座小桥被冲垮了。离我家不远的小河堤决了个口子，越来越大，洪水倾注进农田，冲毁了庄稼。一批村民冒着倾盆大雨，冲向决口的河堤，终于堵住了决口。年长的人说，以前小河水好多好深，常年清澈见底，鱼虾又多。解放后，村里人口剧增。人多了，山上的树却越来越少，小河水也少了。特别是有段期间，上级要村民立足山村放眼世界，劳动力不准外流，靠山吃山学大寨。村里不通电，不通公路，做饭全靠烧山上的柴草，结果树木被砍光了，连茅草也被割光了。山上光秃秃的，有的山坡水土流失，晴天"张牙舞爪"，雨天头"头破血流"。从我记事起，小河水就不多，后来山上光了，不少山泉绝流，河水越来越少，河水越来越浅。遇到久旱，河水断流，山河气息奄奄，欲哭无泪。村民的生活十分艰辛。那噩梦般的年头，村民饱尝了自我残虐和自我封闭的苦果。

改革开放的强劲春风给山村带来了春景春光，使小河恢复了美丽的容颜。去年我回了一趟家，看见山村变了样，小河水多了。小河两边盖起了楼房，为古老的山村增添了一股现代气息。父老乡亲介绍说，改革开放后，集体把责任田、责任山分到户，劳动力大量剩余，青年人都洗脚上田，有的做买卖，有的搞运输，有的到珠江三角洲工厂打工。村里通了电，通了公路，大多数农户都改烧柴草为烧煤，经济好一点的家庭还烧上了煤气。上山的人少了，山岭绿了，山花开了。如今群山郁郁，绝泉复流，小河水又多了。我感到新鲜的是，很多农户屋内都装了手摇井，不用出门挑水。有些建在半山腰的房子，屋内打个井泉水也居然冒出来。打一个手摇井一般需要几百元。这在15年前来说是个惊人的数目，如今哪个家庭都出得起。有的家庭还买了电视机，屋顶上的天线竖得高高的，为山村添了一景。每当明月当空的夜晚，总有出门见过世面的年轻人提着收录机在小河边逍遥，学着城里人的浪漫。村里最壮观的建筑物是在小河岸边的小学，三层高的教学楼是村民捐资和镇政府拨款兴建的。福建籍港商李荣民先生，听到我的母校改建缺乏资金，主动捐出四万元作为启动资金，村民无不称赞这位热血心肠的港胞。

　　故乡的小河像一部史书，记载着很长很长的农耕时代的故事，记载着荒唐年代农民遭受的困苦艰辛，也记载着改革开放以来山村走出封闭、走向现代化的美好图景。走在弯弯曲曲的河堤上，犹如回到了金色的童年。我留恋无忧无虑的孩提生活，我喜欢小河边的野花，还有那村妇们的笑声。

　　　　　　　　（写于1997年，曾发表于《南方日报》）

故乡旧事最惹思

我出生在梅州兴宁的一个小山村。这里自古以来居住的都是客家人。

客家人把圩镇的集市交易日叫圩日。记得我孩提时，村里的孩童如能赴圩看看热闹，准会兴奋好几天。而我，父亲在省城工作，不可能像其他孩童一样常有随父母去赴圩的机会。直到八九岁，个头长高了，自己才会偶尔邀上几个小伙伴偷偷去赴圩，看看外面的世界。

村子离圩镇八里路，走到村口爬上一条长长的山坡，翻过伯公坳不远就到了。这条路是沙石公路，辛勤的养路工人总是把道路中的沙子理得平平整整。汽车经过时，风尘滚滚，遮天蔽日。只是当时车辆不多，偶尔来一辆汽车，孩童们反而挺高兴，多了个话题。

在路上，到处可见成群结队的赶圩人，有挑的，有抬的，有推的，有背的，车水马龙，好不热闹，犹如拍电影的场景。离伯公坳百米处，路弯坡陡，常有交通事故。推鸡公车（独轮车）的工人到了这一段就辛苦了，穿着草鞋的双脚如八字形支架立在后头，拼命往上推，举步维艰，前面的人则背着粗大的麻绳用力地拖着。有一次，我和几个小伙伴看到此景，主动跑到前面去帮助拖车，一直拖上了山坳。推车工人由衷地表扬了我们，其实我们没有多少力气。回到家里，我写了一篇关于学雷锋的日记作为学校的作业，至今印象深刻。

大坪圩坐落在虎形山和药王山之间，是山野中的闹市，颇有几分神秘。据有人考证，旧时离圩镇不远的坪中村至船坑一带，有个大草坪，曾是金兵屯兵操练之地。大坪由此得名。镇内至今仍有天子印、金坑两处保存完好的古栈道，也许与当年的金兵有关。

大坪圩镇的街道不大，也不算小，岭南特色的骑楼式建筑。门面像样的店铺都是国营供销社的。每逢圩日，街道按交易产品的种类，划分成若干个专业市场，农家产品，应有尽有，琳琅满目，俨然是农副产品博览会。

因地处兴宁、龙川两县交会处，大坪圩开市早，收市晚，产品齐，交易量大，素有"虎圩"之称。农闲的圩日，街道上人潮涌动，摩肩接踵，孩童须紧紧拉住大人的手，一刻也不放松，否则会有被踩踏或走失的危险。龙川客家话与兴宁客家话有明显区别，龙川客家话的腔调拖得较长。街道上吵吵嚷嚷，两种不同的客家话交织在一起，抑扬顿挫，犹如嘈杂的交响乐。

我记得最有趣的是生猪行。这里有一种既非卖方也非买方的中人，他看到买猪的人来了，像久别重逢的亲朋一样迎上来，非常热情，不厌其烦地领着你去选生猪，并一副专家的派头。而对卖方，又似自家人，圆滑

农耕忙（温华文　摄）

有度。有其协调，几乎没有做不成的买卖。买卖做成了，他得到一份中人费，真是无本生意。这种中人，也许是在当时的市场中技术含量最高的职业了。

赴圩人就餐，一般到国营饭店，经济实惠。也有到个体经营的伙店去的。伙店由店主提供炊具和餐具，顾客自带食材，自行加工，店主收点场地费。我祖父解放前就在这里经营过这种伙店，叫"善昌"号，因解放前夕店铺倒塌，迁移到十多里外的兰亭小街上去继业。旧时的伙店兼有客栈和饭店功能，旅店兴起后，伙店就只余饭店一职了。

圩日是相亲的好日子。乡下人找伴侣，一般都是由媒人牵好线，并约定时间到圩镇上见面。他们喜欢找个安静的伙店，男女双方由主事的家长领着各自的子女来会面。如一见钟情，便由男方请客。这一餐，鸡蛋炒米粉是少不了的。这象征着长长久久，春春光光（兴宁客家人把鸡蛋叫"春"）。后面的程序就是"查家门"了。乡下人成婚，都要有这个过程。他们习惯于先结婚后恋爱，不像现代青年，要经历马拉松式的恋爱过程才结婚，害得不少缺乏耐力的人在恋爱的长途中倒下。当然，有的青年在外读书，有知识，结识的人多，也有自订终身的，父母一般也不会反对。

我有一位叔婆，为人热心，虽是文盲，但脑子好使，善做红娘。我们住的是一个大屋子，人多。明月清风的盛夏之夜，人们喜欢成群地坐在斗门外的台阶上乘凉聊天。她常会聊些喜剧性的婚嫁信息，大概都是什么村的靓妹子找到什么村的好人家，婚礼如何排场之类。讲到兴奋处，她时常会拿来参加婚礼带回的喜糖发给大家。孩童们不懂情爱之事，但也喜欢与大人一起凑热闹，因为说不定可得到一个喜糖。

圩日的当晚，圩镇有时常会放电影。当时没有电影院，放映队因地制宜，把街道两边封拦起来，成了露天影院。没有座位，观众就站着看。圩镇的居民有近水楼台之便，把自家的椅子搬出来，免受站立之苦，真是羡煞人。孩童们舍不得买票，跑到后山上去，居高临下，远远眺望银幕。影片中的对话是听不清的，枪炮声还是很清楚。当时影片不多，大都是战斗故事片或样板戏电影片。样板戏唱词多，且一句话拖得很长很长，孩童不爱看。我们观看的都是《地道战》《南征北战》《平原游击队》《奇袭》等战斗片。受此影响，小男孩都有英雄梦，各自动手做小木枪。有个比我稍长的小伙伴手特别巧，做的小木枪外形惟妙惟肖，几乎能以假乱真。他还找来一根空心钢管，自制了一支使用火药的手枪。试用时因后座不牢，火药从后面反射出来，把自己的眉毛都烧了大半，吓得此后再也不敢去冒这样的险了。

　　学校老师多次给我们讲罗屏汉烈士的故事。孩童们非常崇拜他。他是我们镇人，红军长征前在江西跟毛主席一起闹革命，智勇双全，曾为邓小平的助手，身居要职，不幸在一次战斗中英勇牺牲了。为了纪念他，解放后把其所在的村改名为屏汉村。孩童们经常在争论：如果他不牺牲，说不定现在就与毛主席、邓小平一起在北京当大官了。

　　圩镇有一所小学，在虎形山下。母亲在乡村当过幼师，有时要到这所小学去。一次，我跟母亲赴圩，也进了这所学校。校园是典型的旧式建筑，师生的精神面貌格外亮丽，教学氛围比乡村小学强多了，令人耳目一新。后来我才知道，这所小学是全镇的名校，是由旧式学校改造而成的，有光荣历史，曾培养了不少人才。我们镇家喻户晓的杨晶华、罗卓汉两位学范都出自这里。后来，杨晶华、罗卓汉都成为著名大学的名教授，在学术上均颇有建树。

　　客家人喜欢读书，把读书作为谋求出路的重要手段。乡下的很多人虽未外出闯过世界，但知书达理，擅长讲古。记得一位老学究讲过，大坪北面有龙母嶂，圩镇有虎形山，是地道的虎踞龙盘之地，人杰地灵。其实大坪确实出了不少人才，每年有不少学子走进大学殿堂，成为国家的有用之才。

　　"文革"运动开始了，我们学校的教学秩序乱了套。高年级的学生当了红卫兵，挺威风的，老师不怎么管学生了。我们低年级的学生年纪小，不懂世事，只知贪玩。听说大坪圩日时有人戴上高帽游街批斗，我们几个小伙伴好奇地赶去看热闹。因个子小，又没有大人陪同，不敢靠前，只在远处看看。目睹受批斗的人被推搡殴打，觉得他们很可怜，心里有一种说不出的滋味。以后又传来消息，我们镇在北京的名人袁文殊被打成"黑帮"。他是中国电影工作者协会的主要负责人，解放前曾是中国左联活动上海的骨干。孩童不懂是非，但知名的乡贤倒台了，心里莫名其妙地痛（注：打倒"四人帮"后，袁文殊被平反，并担任中国文联党组副书记）。我联想到父亲，他一个人在省城新闻系统工作，真为他担忧。不久，父亲所在的单位也开始乱了，在组织的安排下，他回到家乡避风头，单位按时把工资寄回来。全家团聚，其乐融融。这也是童年时与父亲共处时间最长的日子，记忆难忘。

　　童年如画。童年的时光虽已离我们远去，永远不会回来，而曾经播下的种子已经有了结果，是甜，是酸，是苦，是辣？唯有自己回味。

（写于2020年）

校园钟声

那年我12岁，第一次站在中学校园听着钟声，心情激动。钟声提醒我：已经告别童年，步入中学时代，这是人生的又一阶梯。

故乡中学在梅州兴宁的大坪小镇，校园建筑在风景秀丽的山坡上。一进校门，是能容纳万人的大操场，教学楼掩映在翠林修竹之中。从远处望去，校园与山脉融为一体，静谧、神秘，颇有几分仙气，是蕴含灵气的风水宝地。

在庄严的钟声中，我看到的却是一个愚昧荒诞的情景。

当时，学校乱了套。一些教师受批判，学校领导人格被侮辱，领导班子已经解体，取而代之的是临时的组织。校园没有纪律，上课时，有的学生在宿舍睡觉，有的在校外溜达，老师不敢管也无法管。好长时间才领到唯一的课本《工农兵知识》，内容是如何种水稻，如何开手扶拖拉机，如何修柴油机，如何用步枪打飞机之类的。白发苍苍的龚老师私下慨叹：古人半部《论语》治天下，如今也许一部《工农兵知识》足以定国安邦了。

客家山区学校有个共同的特点，就是老师和学生捆绑教学，老师吃住在学校，难分上下班时间，学生有问题随时可以请教老师。他们多数人终身从教，勤奋教学，有丰富的教学经验。而当时，一些当了"造反英雄"的学生，完全不将老师放在眼里，要批就批，要斗就斗。师道沦丧，学风蛆死。老师无法管学生。老师不

大坪中学东院旧貌（大坪中学提供）

像老师，学生不像学生，课本不像课本。

中学是青少年求知的黄金时代。我们这批中学生的绮丽年华却消耗在无聊荒诞的岁月中，成了迷惘的一群。当时，高考制度被取消，同学们看到读书找不到出路，求知欲消失。所思所想，所言所行，都不是今天的青少年能够想象的。

学校是典型的客家校舍建筑。东院是解放前老祖宗留下的宗族学校旧址，是古典式的回廊砖瓦房。解放后扩建了一至六院教学楼，分别在山坡上，错落有致。年年岁岁，家乡的学子们从这儿走出山乡，走向五湖四海，走向文明。到我们这一代，景况大变。学生们无心上学，无文可谈。东院是男生宿舍，架子床上塞着八至十人，高年级和低年级的学生可以随意混住，这是当时的一景。晚上热闹非常，催人入睡的晚钟响过，也无法使宿舍安静下来。学生们躺在床上，谈的多是无聊话题。梅州流传甚广的清末客家才子宋湘的风流故事，不知听了多少遍，还有些不堪入耳的下流笑话。我想不到中学生活是这个样子，偶有微词，有位年长的学生就说："你懂什么？学校本来就是这样的场所，俗话说：'头庵堂，二学堂。'知道吗？"我听得目瞪口呆！

我刚上初中时，学校文气荡然，学无所学。似乎只有校园的钟声不断固执地响着。

　　这是一个自制的钟，它不是良工巧匠铸就的古典名器，也没有黄钟大吕之声。严格来说，它不是钟，是一尺多长的钢管，用铁线在树上吊起来。铁锤一敲，声传数里，清脆悦耳。司钟的是一个很秀气且钢板字刻得很好的男教师。他忠于职守，不管学校的秩序多乱，他总是守时有秩，晨昏鸣钟，有板有眼。"当，当当，当当当"三个音符，组合成不同的作息钟声，成为学校存在的一个象征。

　　岁月在钟声中流逝，教师在沉默中叹息，学生在迷惘中或狂热或消沉。如果说那时还有一点文化气息，是学校成立了文艺宣传队，学生自创自演节目。我一位同学好友、师生公认的才子黄治中，创作了独幕山歌剧《水往高处流》，表现农民战天斗地学大寨，引水上山的壮举。听说剧本还被送到省里，获得了好评。当时的文艺大体是这个调子。学校还流行一首歌："我是红领巾，生在新农村，从小志气大，决心当农民。"大家都口是心非地唱，其实没有一个学生是决心读书当农民的。我高中的语文教师对世事洞若观火，曾私下对我语重心长地说："人活在世界上要有志气，不想当将军的士兵不是好士兵，不求进取的学生不是好学生；学生时代不立志进取，将来肯定会后悔。"他的话如警钟长鸣。

　　课堂无文，我常想办法找小说之类的书，躲在后山的小松树下偷看，从前人的经典著作中汲取营养，增长知识，而自己知道这是当时不允许的行为。

令我奇怪的是，当时学校一切都乱了，教师可被学生随意抓来批斗，公物可以随意被破坏，而置于树枝上的这一尺多长的钟却没有人敢去乱敲，这里面是否也隐含着某种深层意味的东西？

1996年，我出访法国巴黎，听到了巴黎圣母院的钟声，顿时肃然，一种庄严神圣的感觉油然而生。思绪潮来，脑海里骤然回响着校园的钟声。

巴黎圣母院的钟声是上帝的召唤，召唤世人扶危救弱，去恶行善。它象征着强大的宗教精神和西方文明。

在无文化可言的年代，我们校园的钟声还在闭塞的客家山村响起，也象征着我们汉民族的文明。从某种意义上说，客家人的历史跟汉文化有着更深的渊源。据学者考证，客家人是比较纯正的汉族人，其论据是：客家人从中原迁徙到南方，大都居住在偏僻的山区，为保护自己，习惯于部落式的生活，基本没有被外族异化。梅州是客家人的聚集地，有"客都"之称，他们崇尚文化，读书蔚然成风，汉文化的血脉流传，遍于山野。解放前，纵使是穷乡僻壤，也辟有良田名为"公饷田"，其用途之一是资助青少年读书。有点类似现在的公费奖学金，"卖田卖地也要让子孙读书"是祖宗明训。在我的故乡，一对家境贫困的父母，毫不犹豫地卖掉赖以栖身的房屋，供子女上学，其子女终于跨进大学校门。客家学子求学刻苦，青灯如豆，晨昏执卷，松明灯下苦读书。有一位受"血统论"影响没有上过高中的学生，凭着自己的刻苦用功，一举考上大学。一位执着追求的学生，以惊人的毅力连续八年应试，终于进入高等学府……凡此种种，都表现了客家人勤学上进的精神。

纵观历史，强大的汉文化从来没有被外来的暴力征服摧毁，纵使暴虐的势力能猖獗一时，最终总逃不过灰飞烟灭的命运。造就一个民族的是文化，而不是酷戾的强权，历史是这样明明白白地书写着。尽管其时狂风暴雨袭来，摧花折柳，扫尽斯文，但校园钟声仍然执着地提醒世人：立国立身，以文化为本！

那年头对文化的反动，已成为不堪回首的云烟一梦。如今，故乡校园的钟声仍然清脆地响着，他召唤青少年告别愚昧，走向文明，走向风云变幻又充满希望的未来……

离别家乡走向都市有年。回到家乡，我常常情不自禁地走向校园，走向鸣钟之地，凝望那曾经高悬着一尺多长钢管"钟"的树木，小立一会儿，回味往事，思绪联翩……

（写于1997年，曾发表于《羊城晚报》）

八斗种

　　家乡的村子有一条小河，溯上几公里，就到了源头八斗种，分水岭的后面就是另一个县了。

　　八斗种是条小山沟，造化得神奇，中间冒出一片平坦的土地，特别肥沃。这里产的稻谷，同样一担要重好几斤。我小时候听老人说：八斗种种什么长什么，插下一根木棍也会长出一棵树来。

　　有关八斗种的趣话、传说甚多，是真是假，难以分辨。二十世纪五十年代兴修水利，八斗种的下游兴建了水库，从此这里成了三面环山、一面临水的世外桃源。本来曾经居住着几户人家，水库建成后交通被切断，他们只好搬到库外去了，留下些残垣断壁，诉说着岁月沧桑。

　　客家人喜好读书。二十世纪六十年代初，当时的公社不满足于仅有一所全日制中学，又以民办的方式建了一所农业中学。几经周折，最后把校址定在八斗种。这里虽然偏僻，但胜在山清水秀，又有农田环绕，是半耕半读的理想之地。

我八九岁时，一位小伙伴邀我去八斗种看"热闹"。当时的农业中学办得红红火火，出了名，好多人聚在此处开现场会，这是我第一次到八斗种。农业中学的校园由几幢砖瓦结构的校舍组成，没有围墙，没有校门，从远处望去，不像一所学校。校园里人来人往，还有不少干部模样的人，言行举止，颇有气场。成果展览区最吸引人们的眼球：约克猪高大如牛；安哥拉剪毛兔洁白如雪；豆角长得长如蛇，叫蛇豆；南瓜长得小巧又

兴旺（林佛全　摄）

金黄，叫金瓜……这让我大开眼界，万万没有想到，这个狗不拉屎的地方别有洞天。

"文革"开始时我还在上小学，我们这一届刚好赶上"学制缩短"的第一年，上完五年级便与六年级的学生们一起升初中了，而升学考试也改为由贫下中农推荐选拔。我沾了家庭背景的光，被选送到大坪中学。这种升学方式，与学生的成绩优劣无关，不像现在，为了升学考试，学生晚上焚膏继晷，周末还要请名师补课，一人升学，父母孩子齐上阵。

我上到初中二年级，大坪中学与农业中学合并，原农中改为大坪中学分校。学生重新按片区划分，南片的学生去分校读书。这样，我就分去了八斗种，当时心理上一时不好接受。但这是学校的决定，无可奈何，谁叫你的家在南片呢？

学校按部队编制，年级为连、班级为排。分校单列。不知何故，我被指定为分校年级的连长，其实我年龄最小，个子不高，胆子又小，并无组织协调能力，只是"滥竽充数"。

分校的校舍都是原农业中学留下的，校园几乎没有栽花种草。客家人务实，这里门窗处处见青山，青山处处是草木，何必在校园里另种花草呢？校园里的硬底场地，是农场打谷晒谷的地方。夏收秋收时节，校园里一片金黄，稻香飘进教室，飘进宿舍，弥漫在校园，别有一番情趣。

两校合并后，学生的知识水平更加参差不齐。老课本被"革"掉了，新课本来不及编，用的是临时课本。上课时，老师讲深了，大多数学生如"鸭子听雷"；讲浅了，基础好的学生又不想听课。老师苦于"两难"，却毫无办法。如想搞点创新，说不定会节外生枝，谁也不愿去冒这个风险。

有一次，学校请来公社卫生院的一位女医务人员，给学生上生理卫生课，讲的是常识性知识，不料却引起一些学生起哄。调皮的男同学还提出一些黄色问题，弄得老师非常尴尬，不少女同学很不好意思，满脸泛红，伏在桌子上不敢抬头。在欧美国家，小学生就要进行生理卫生教育了。客家人在男女交往的意识上，之所以过于保守、含蓄，与从小在学校教育、家庭教育中羞于谈性，不无关系。

学校农场有原农业中学留下的几十亩田地。农具仍然是千百年来老祖宗使用过的犁耙辘轴、畚箕锄头，唯有脚踏打禾机算有点机械化元素，由直线运动变为圆周运动，省了点力气。农场只有几个固定员工，不足的劳动力由学生补充。农忙时，学生利用劳动课轮流到农场劳动。校本部的学生，排着长长的队伍，经过圩镇，经过村庄，翻过高高的堑石坳，来到八斗种。一群风华正茂的少男少女，走到哪里都是风景，颇引人注目。这时八斗种的农田里，欢声笑语，嬉戏打闹，乐得不可开交。小山沟沸腾了。

"文革"开始时，有一批教师被列入"黑五类"，被赶下了讲台挨批斗。在接受审查中，他们全部被安排到学校农场劳动，其中还有老校长、教导主任。他们时常结队挑着肥料经过校园，有些调皮的学生竟用言语去侮辱他们。师道尊严，变成了儿戏。

不久，老校长被"解放"了，当了我们班的英语老师。他是归侨，英语很好。一次上课时，我偷偷看刚借到的长篇小说《战斗的少年时代》。这是本土作家廖振的作品，描写的是新中国成立前闽粤赣边纵刘永生司令部队的"小鬼队"。老校长走到我旁边，我未发现。他小声提醒我收起小说。课后，他把我叫到他房间，我正等着挨批评，而他却和蔼地跟我商量，问我能否把小说借给他看看。原来他回国参加抗日战争时，就在刘永生的部队，是"小鬼队"队员。自此，老校长的形象在我眼前突然高大起来。事有凑巧，二十世纪八十年代我在梅县地区机关报当记者，作家廖振就在地区文化局工作，我们自然就熟悉了。聊起老校长之事，他的话就多了，只是他不认识老校长。

我们的校园很朴实，没有楼阁亭台、奇花异木，但校外就是另一番景象了：绿水青山，鸟语花香。粤东山区，四季常青，秋天不会有"无边落木萧萧下"的景象。冬天来了，树还是绿的，山还是绿的，偶有几棵枯树，也会被淹没在青山翠木之中。傍晚，学生们喜欢到校园外散步，或去田野，或到山坡上，三五成群，谈花论草，尽情享受快乐时光。

后山是爬山的好去处。春天来了，山花盛开，生意盎然。这里的山稔子花居多，虽不名贵，却鲜艳夺目。到了中秋，山稔子果开始熟了，由红转乌，逗人垂涎。山村的孩童都会唱这首儿歌："八月半，稔子乌一半；九月九，稔子乌溜溜；十月朝，稔子甜过酒娘糟。"这时候，有山民会采摘稔子果到圩镇上摆卖。赴圩的农民舍不得进餐馆，会花上几分钱，买一点稔子果充饥解渴，经济实惠。有的农民还喜欢用稔子果泡酒，说其有固肾壮腰之效。

校园对面有一条小山坑，山高坡陡。山上盛产仙人草，山里人喜欢用它来制作仙人粄。制作方法很简单，把仙人草熬烂，过滤去渣，加上水和淀粉煮熟成胶状，冷却后即可，食用时加点糖，美味可口、清热解暑。盛夏时节，梅州客家地区的圩镇、路边店常有出售，物美价廉，这比城里食用的这个膏那个膏好太多了。山里人靠山吃山，吃得天然有机，所以身体健壮，长寿者居多。有些人长了八九十岁，不知西药为何物。有一年，我去山里看我外婆，她80多岁了，仍去山上砍柴。我担心地问她："上山安全吗？"她不以为意地说："我天天这样干活，有什么不安全呢？"她笑了，笑得很自信。

春光明媚的季节，我们还会到几里外的水库尾端去观景。这时，雨水多了，水库的水涨起来，微风吹拂，露出水面的杂草摇曳不停。小鱼喜欢到这里欢腾，有时跃出水面。而空中飞翔的鸟儿时不时俯冲下水面，不知是抓鱼还是戏鱼。夕阳西下，晚霞映红了水库。远远望去，犹如一幅美丽的图画，绚丽多姿，令人浮想联翩。

岁月不饶人。在八斗种分校就学一年多，突然分校被取消了，我们又回到了校本部，从此告别了八斗种。久远的往事容易忘却，而八斗种的岁月却令我久久不能忘怀，时常在脑海里浮现。

几年前，家乡朋友送来了水果，"八斗种金柚"几个字让我眼前一亮。原来，八斗种如今办起了果场，大量种植金柚。这里产的金柚，肉多味好，闻名遐迩，远销港澳。有特别精明的商家专门收购这里的金柚，包装成自家的品牌，实现二次增值，高价出售。

有一年回家乡，我听说八斗种已通了车，便专门驱车前往。只见昔日的稻田已变成了一片柚树林，金黄的柚子垂吊在树枝上，金柚飘香，沁人心田。参观多时，仍不见人影。小溪潺潺的流水声，使山沟显得更加幽静。

八斗种，曾经沸腾过的山沟，曾经放飞过一群群少男少女梦想的山沟，你是我心目中永远的名胜。

（写于2018年）

竹乡往事

二十世纪七十年代，我刚走出中学校门不久，便被选送参加了兴宁县驻队工作队。当时我刚满18岁，高考制度尚未恢复，能有这个机会也算是运气。

新选送的工作队队员在县城经过短训后，即安排了下去，我被安排到罗岗公社溪联大队。罗岗是北部最边远的两个公社之一，而溪联又是罗岗最边远的山村，翻过分水岭就是江西省境。这里盛产毛竹，是有名的竹乡。解放初期，穷凶极恶的全县匪首谢海筹就躲藏在溪联一个被废弃的炭窑里，1950年8月被驻军团捕击毙，成了当时大快人心的新闻。

驻队工作组有四个人，组长是有文化的老干部，工作经验丰富，其余队员都是像我一样的青年。我们乘车到了罗岗圩镇，工作队和公社领导向我们介绍了村里的情况和安排了任务后，我们便背着行囊步行进村。沿途经过几个村庄，令我惊奇的是，这些村有不少颇为壮观的民房。这种景象，让我很难把它与边远山区联系起来。后来我了解的情况多了，才慢慢解开了谜团。罗岗是奇特之地，旧时大户人家多，他们有钱，见多识广，

小溪飞流（温华文 摄）

重文化，不少人的子女都走出山门，到城市去上大学，有的还远渡海外留学，接受先进的西方教育，他们带回了外界文明的信息。十八世纪末，基督文化已到了这里，影响到村民的生活。中西文化的碰撞，使罗岗产生了一个新的文化现象，形成了特有的地方文化。闻名的罗岗山歌，并非仅仅缘于山里人爱唱歌，更重要的是在于当地的文化底蕴。

过了溪尾村后，进村还有六公里路程，我们便开始爬坡上山。时值春天，山花盛开。蜿蜒的山道穿越在崇山峻岭之中，不时映入眼帘的是，峭壁幽谷，残木枯藤，潺潺流水，我们仿佛在访幽探胜之中。

溪联旧时叫竹瓦寮。传说是几百年前到此落居的先民，就地取材建房，用竹块当瓦，竹瓦寮因此而得名。经过多年的发展和变迁，现叫溪联村，但竹瓦寮仍然是响当当的名字。进了村口，只见层峦叠嶂，绿竹连绵，远处山峰云雾缭绕，有世外桃源的景致。村子不大，其实就是一条山沟，一块块小而不规则的田地，沿着弯弯曲曲的小溪依山而上，山坡上分散建有一些砖瓦房。溪水清澈见底，河床如洗，一群群小鱼时而在平缓的溪水中自由自在地游弋，时而在急流中争先恐后地往上爬，被流水冲下来后又继续往上爬，直至爬到上一个平台。

工作队队员分别驻在中心村的不同生产队。我驻在村子尽头的上村队，三同户（"三同"即工作队员与群众"同吃同住同劳动"）是大队会计老陈。他勤劳厚道，妻子能干。他们生了六个儿子，年龄尚小，繁重的家务全靠夫妇俩料理。他们还要参加生产队劳动，挣工分分红。其家里的生活与大多数农户一样，并不宽裕。生产队的耕地不多，分别在屋背山后的山沟里。村民劳作时，必须先爬一条长长的山坡。我爬山走路穿的是塑料凉鞋，而村民穿的是自制木屐或光着脚板。有的村民挑着担子爬坡也穿着木屐，这应该是山里人的一种绝技。我年轻，不惧爬山，而山上不计其数的青竹蛇令我胆寒。它青如竹，在山道上随处可见，有的躲在草丛中，不易被人发现；有的吊在竹子上，似乎会飞过来。村民告诉我，青竹蛇并没有那么可怕，它不会主动攻击人，如不慎被它咬伤了，也不要慌张，马上跳到小溪里，找块石片，在水中朝伤口用力刮，把周围的毒血刮出来，刮得越干净越安全。他们说得很轻松，还带有几分浪漫。

　　我们驻队有任务，但没有多少可以发挥的空间。山里人普遍和谐相处，诚实本分。他们日出而作，日落而息，一日三餐能填饱肚子足矣，没有过多的奢求。到了晚上，山村一片寂静，鸟虫声齐鸣，有时远处还会传来野兽的叫声，而村民早早就进入了梦乡。此时，寂寞感会袭击我。有几个青年时常找我聊天，这也是当时的一种乐趣。其中有位叫华胜的青年是常客，他有文化，且有智慧，善动脑筋。工作组离村前，上级要求工作组必须培养接班人，打造不走的工作队，我特别推荐了他。

工作组有时会去了解村容村貌，体察民情。竹瓦寮有几万亩山地，其中有万亩天然竹山，这是造物主恩赐给村民的宝贝。村里人口居住分散，除中心村外，其余五个生产队分别在不同方向的五个自然村，少则五公里路程。虎子嶂生产队地处名山，山高路陡，途中全是崎岖的山道，有些路段林木荆棘遮天蔽日。我们在这里前

竹乡（黄益平 摄）

行，有时把手也用上了，稍不留神，就有滑下去的危险。这里的村民祖祖辈辈生活在这里，其艰难困苦真是常人难以想象的。客家人吃苦耐劳，意志力强，与工作生活环境不无关系。

竹瓦寮的毛竹是自然生长的，大而挺直，韧性特好，是建筑脚手架的优质材料。我有一位高中同学叫杨立权，他有玩笛子的天分，从小笛子就吹得很好，后来还成了名。他曾告诉我，其走出中学校门后，便云游四方，以加工笛子为业。为选好材料，他踏遍了邻县的竹山，加工销售笛子几千支。他曾慕名到过竹瓦寮，令他失望的是，这里的竹子太大太高了，无法砍到竹尾巴，如能砍下来也太大，不适宜做笛子。竹材是村里重要的收入来源。从清末起，这里就办有竹纸厂，加工卫生类纸品，远销全县，供不应求。我们走进造纸厂，师傅如数家珍地介绍造纸工艺。原料是将绽叶的嫩竹，用水轮打浆、捣囊……我看到工人正在端帘、背纸、掸料。生产工艺比较传统、粗放，可能与老祖宗蔡伦造纸的方法没有多少差异。

到了竹瓦寮，竹子的元素随处可见。村民普遍都有竹匠手艺，他们都会加工竹制家具农具，有些手艺好的人，还加工竹椅、竹床出售，搞点副业收入。他们用一根根竹子当水管，从远处引山泉水过来供村民做饮用水。即将破土的竹笋是山珍，每逢节日，村民的餐桌上少不了这道美食。村里没有肥胖症、高血压等患者，与他们的饮食有直接关系。

竹瓦寮的水利资源特别丰富，溪水落差大。村里综合利用水力资源，建起了水电站，除可加工副产品外，还解决了附近村民的照明。村民还利用溪水，建起多级水碓，用于加工农副产品。远处望去，错落有致的水轮，富有诗情画意，成了山沟的一道风景线。有的村民繁忙，习惯把待洗的衣服放到小溪中，利用溪水冲击泡洗。因溪水含碱，不用肥皂也洗得干干净净。

这里的小溪沙石为床，水质洁净，成了石蛙和大头龟的福地。石蛙是有趣的小生灵，风和日丽之时，它喜欢四脚朝天地躺在小溪的大石头上面。天上的小鸟下来觅食，石蛙突然用尽全身力气猛抱住小鸟，滚到溪水之中，把小鸟淹死，成了自己的美餐。大头龟是药用价值很高的珍稀动物，其甲壳坚硬，生命力特强。传说有人曾误把它当作石块拿去垫床脚，几十年后发现，把它取出来，仍然生命如常。有人解释，它在床下有小虫为食，不至于饿死。人们说的千年龟，不知是否就是它。

四十多年过去了，如今竹瓦寮通了汽车。去年返乡之际，我驱车旧地重游。在村支书陈运清的陪同下，我拜访了当时的三同户。男主人热情接待了我们。在天棚上晒茶叶的女主人听到有人来访，马上从移动木梯上下来，见到我喜出望外。夫妇俩都八十多岁高龄，儿子均长大成家，分别在外地工作生活。告别时，夫妇俩一定要送上他们生产的绿茶。竹瓦寮绿茶得益于云雾和土质，是出名的特产，可惜产量不多，用不着广告也供不应求。

在与陈运清交谈中了解到，如今的竹瓦寮，山更绿了，毛竹更多了，石蛙、大头龟依然在小溪生息，最大的变化就是居住人口少了，八九成的村民都搬到了圩镇或城市去工作生活，留下少数恋乡的村民。我在想，现在城市里不少地方不惜花巨资去建设人造田园风光，而无法引进养生的最重要的元素空气和水，竹瓦寮难道不是绝佳的旅游胜地吗？

（写于2019年）

伯公坳

记得小时候，我家乡的村子到大坪圩镇有八里路，途中要翻过一个高高的山坳，虽为沙石公路，但路弯坡陡，高低不平。听说以前这里是山高林密的羊肠小道，行人稀少，常有治安事故发生，好心人便在山坳上立了个土地神位，祈求神仙保佑。土地神在道教诸神中级别不算高，但山里人讲实际，不管你是何方神圣，有神则敬，有神就拜，他们尊称土地神为土地伯公，因此该山坳叫伯公坳。乡村立土地神位的很普遍，这是一种精神安慰。二十世纪五十年代，政府修建通往县城的乡镇公路，翻伯公坳而过。从此，伯公坳虽还是那么高，但路宽了，行人也多了，成了全镇乃至全县的南北交通要道。

我五六岁时，姑姑生了儿子，请奶奶去喝满月酒，奶奶很高兴。姑姑出生几十天就过门当了童养媳，长大后很孝敬父母。我是长孙，奶奶要带我去凑热闹，我高兴得跳起来。去姑姑家需步行近十公里，途经伯公坳和圩镇。奶奶问我怕不怕爬坡，我不假思索地回答："不怕！"

那天要走远路，早餐我吃得饱饱的，出发时还喝了好多凉水。伯公坳的沙石公路弯弯曲曲，两边的山岭树木丛生，百草丰花，满目青翠。这些山岭属天子印山山脉。传说天子印山曾有一处"风水宝地"，本来要出个天子，只因主人不慎泄露了天机而被朝廷破坏，但其灵气犹在，因此这座山叫天子印山，成了名山。如果这里能出个天子，家乡可就光彩了，听说至今仍有不少人在寻找传说中的"龙穴"。

伯公坳新貌（大坪镇政府提供）

也许沾了"龙穴"的灵气，这里的林木特别茂盛，连山上的松树也挺拔苍劲，可谓"地耸苍龙势抱云"。这天，路上行人稀少。开始我蹦蹦跳跳，而爬上伯公坳，已累得满头大汗，少了开始时的兴奋。在山坳上休息撒尿时，我看到路旁摆着几个茶杯，还插着几炷未烧完的香，十分好奇。奶奶说这是人家敬拜土地伯公的。客家乡村随处可见土地伯公的神位，但我奇怪这里为什么见不到神位标志。到了圩镇，我的肚子痛起来，奶奶找亲戚弄了点止痛药，我服下去才慢慢好起来。奶奶告诉我，土地伯公会保佑人，也会捉弄人。她责备我刚才在土地伯公面前撒尿，对神门不敬，说我刚才肚子痛就是被神门捉弄了。我疑惑惊讶，自此在幼小的心灵里对土地伯公又敬又畏。

在那个年代，来往伯公坳的行人平时不多，每逢圩日，路上行人却络绎不绝，车水马龙。人们大多是靠步行，有自行车出行的就算是富裕人家了。但推着自行车上伯公坳也是非常费力的苦力活，上到山坳只得休息片刻。山坳上有时会有卖清热解暑的"仙人粄"（草本膏）小摊档，几分钱就可买到一碗解渴。乡村的屠宰员是路上的早行人，他们天未亮就要赶到市场，以选个好摊位。他们经过伯公坳时，天还未亮，有的活跃而善唱的屠宰员情不自禁唱起流行的山歌："百样生意百样难，算来讨饭最清闲，日里吃嘅百家饭，夜里睡嘅伯公坛。"其实客家人骨子里清高，家里再穷，也不愿去讨饭。他们认为讨饭是有辱祖宗的事，谁也不愿去背负不肖子孙的骂名。因此，自古梅州客家地区就少见叫花子。其时，伯公坳虽偏僻，但未听说过有治安事故发生。有长者说，是坳上的土地伯公有灵，并说信则有，不信则无。山里人朴实，谁敢不相信呢？

记得二十世纪六十年代中期，家乡松毛虫泛滥，大片松林惨遭侵害，山野到处毛茸茸一片，山下小沟小溪，毛虫漂浮。伯公坳两旁苍翠的松林顷刻间变得一片焦黄。走在伯公坳公路上的行人，要时时瞪大眼睛看着脚下，以免踩上爬行的松毛虫。政府如临大敌，出动飞机洒药灭虫，好不容易把松毛虫消灭了，但举目群山，如野火烧过，一片枯黄，不少挺拔苍劲的松树都枯死了，昔日在树上欢腾歌唱的鸟儿也因失去美好的家园而不见了踪影，以前常听到的"把坑鸟"（鹧鸪）的叫声也听不到了。神奇的是，几年后松林又茂盛起来了，鸟儿又唱起了美丽的歌儿。

我10岁时，不少农民上山乱砍林木，多年来严禁的木材黑市也随之而生，远离圩镇的伯公坳成了木材交易场所。出于好奇，我随一群小伙伴跑去看热闹。只见昔日僻静的山坳热闹非常，木材行排得长长的，卖饮食的摊档成行成市，山上还有赌博的摊位，整个山坳人头攒动，一片乌烟瘴气。赌摊是我未见过的，看得一头雾水。令我不解的是，有的往常贫困的农民，坐在赌摊上却神采飞扬，不知他们哪里弄的钱。偶有政府人员来驱赶，黑市顿时乱作一团，赌徒们收起摊上的赌资拔腿就跑，至于收起的钱是否是自己的，谁也没工夫去计较。买卖木材的人可惨了，他们挑着或背着木材往山上爬，跌倒者不少，极为狼狈，引得我们小伙伴们笑得喘不过气来。当懂得世事后，我曾为当时幼稚的欢笑而内疚。山里人认为，人生有三件大事：结婚、生子、建新房。而当时是计划经济时代，木材实行统购统销，没有木材市场。农民虽有林地，但不能个人砍伐。因此，结婚、生子容易，建新房难。好不容易有了公开半公开的木材黑市，稍有条件的农民都不放过抢购的机会，为建新房做好准备。山里人梦寐以求的理想状态是：一户一山头，房前屋后，种瓜种豆，鸡鸭成群，子孙满堂，而这种理想以后被他们自己改变了。改革开放的春风吹进了山村，村民的视野开阔了，他们纷纷走进了城市，由农民变成了工人、商人。不少人还定居在城里，变成了居民，当年一户一山头的砖瓦房成了他们度假休闲的去处，引得城里人羡慕不已，感叹"风水轮流转"！

　　前年仲秋，我回家乡寻找童年的足迹，驱车经过伯公坳，只见以前的沙石公路已修建成宽阔的水泥路，伯公坳降了坡，不再崎岖，路上也见不到步行的人，要么是汽车，要么是摩托。汽车一溜烟到了山坳上，我情不自禁地停了下来，蝉鸣依旧，但以前卖"仙人粄"的小摊档早已不见了。环眺群山，绿树滴翠，到处郁郁葱葱；蔚蓝的天空飘着朵朵白云，晶莹剔透，远处不时传来"把坑鸟"的叫声，真可谓"蝉噪林逾静，鸟鸣山更幽"，使山坳显得更加空灵幽静。如此景致，令人心旷神怡，浮想联翩。

家乡变了，伯公坳也变了，而游子的思乡之情却不会改变。

（写于2020年）

洋塘坑

我小时候，正值人民公社时期，我们生产队的田地和山地主要分布在洋塘的一条山坑里。

洋塘坑有好几里长，狭小而幽僻，两边的山岭不高，中间是一块块不规则的稻田。山脚的小溪清澈见底，偶见小鱼，有的水潭的鱼群中还伴有鲜红的小鲤鱼。行至山穷水尽之时，翻过一条长长的山坳，就到了相邻的将军村，再走几里路就是邻县龙川了。龙川县居住的也是客家人，相邻几个公社的农民们习惯跨县赴我们公社的大坪圩，洋塘坑是他们的必经之路，因此，洋塘坑虽偏僻，但每逢圩日，这里过往的人却络绎不绝。

我懂事时就常听村里的长者说，我们的先辈500年前到此落居时，洋塘坑是原始的处女地，到处荆棘丛生、古木参天、野兽成群、环境恶劣，但土地肥沃、雨水充足、旱涝保收，是农家的理想之地。先辈们在此安居乐业、垦荒种地、繁衍生息,从此结束了处处无家的漂泊历史。

我生于斯,长于斯,直至17岁才离开家乡,洋塘坑的山山水水留下了我深深的足迹。这里没有奇峰异岭,也没有寺观浮屠,但进入其中别有洞天,趣味盎然。山里的林木都是自然生长的,多为杉木、松木,各自成林。到了秋天,林涛起伏,树林里发出沙沙响声,形成一片片声浪,这是大自然的造化。到了中段的坡头下,路边的峭壁上立着一棵斑驳而弯曲的古松,仿佛随时会倒下来。但不知经历了多少岁月,古松仍然顽强地攀爬着,苍劲依然。每当看到此景,我自然想起清末梅州才子宋湘"山石岩下古木枯"的诗句来。

村里的男长者,一般都上过学,他们在茶余饭后,喜欢谈诗论对。我家的祖屋叫"崇高围",大门贴有对联"崇来万福,高列千峰"。因村名叫"河岭",小门有副对联为"河水波浮千顷碧,岭梅花占一枝春"。这些对联虽不是名家之作,但也不落俗套,颇有品位。乡村文化的底蕴由此可见一斑。

春天来了,乍暖还寒,洋塘坑的山岭已是一片翠绿,野花也露出了笑脸,稻田里春潮涌动。如逢春雨,山岭朦胧,农民头戴竹笠,身穿蓑衣,一排排弯着腰在

崇高围对联（杨裕　摄）

稻田里插秧，驶牛手骑在辘轴上，用洪亮的嗓门不停地吆喝着辛劳的老牛，水中泛起一道道涟漪。远处望去，田野宛如画家笔下的水墨《闹春图》，富有诗情画意。

这里的山岭盛长鲁萁，俗称"铁芒萁"，是一种植物，易割易干易燃，它是粤东地区农家的主要燃料。农妇农忙时下地劳动，农闲时上山割鲁萁储藏，以备雨季和冬季时使用。一般七八岁的孩童，无论男女，就跟随母亲上山割鲁萁了。有的出嫁后的女儿，回娘家时也会帮娘家割几担鲁萁，这比说什么甜言蜜语都强。山村流行唱一首山歌："日头一出千条须，阿妹上山割鲁萁……"农妇习惯把刚割下来的鲁萁放在山上，晒干后再挑回家，回去后就可直接储藏了。晒干后的鲁萁轻，力大手巧的农妇，挑着一担鲁萁如两座移动的小山。几个挑鲁萁的人走在一起，也会成为山坑一景。

割鲁萁（温华文　摄）

洋塘坑的树木长得特别快，自古村民自足有余。随着人口增多，集体分配已无法满足农民的生活需求，人们不惜毁林垦荒，向山要地，因此，山林越来越少，进入了恶性循环。"文革"开始时，山上的树木很快被砍光了，昔日茂密的山林，变成光山秃岭。到了二十世纪七十年代，政府要求封山育林，生产队组织青壮年安营扎寨、巡山护林。说来奇怪，树木总是长不起来，山泉少了，一条欢腾的小溪，也显得有气无力，老祖宗留下的风水宝地似乎过了有效期。出路在何方，人们迷茫。

改革开放的春风吹进了山村，家乡变了，乡亲们的视野亮了，改变了靠山吃山的观念，年轻人纷纷洗脚上田，从农村走进城市，由农民变成了工人、商人。"骏马登程往异方，任从胜地立纲常"。农户的荷包有了钱，烧煤气替代了鲁萁，省力省时，又有效保护了山林。昔日的旱地自然复林，山林增多了。前些年政府要求村村通公路，因洋塘坑狭小，通往将军村的乡村公路改在别处修建，从此这里不再有过往行人。以前繁忙的小道上已长满了杂草，山岭的林木越来越茂盛，到处葱葱郁郁，翠色欲流，成了鸟儿的天堂，连多年不见的野猪也跑来聚会，成群出没。

洋塘坑，古老的小山坑，岁月沧桑，你曾经疲惫，曾经伤痛，是改革开放的春风焕发了你的生机。如今，你已山清水秀、天蓝水绿，处处皆是风景。

（写于2020年）

我的爷爷

　　我的爷爷叫观连，人们习惯叫他善昌。其实，善昌是他的店号。他几十年以经营伙店为业，时间长了，人们就把他的店号当成他的名字了。

　　爷爷出生在梅州山区河岭村。小时候，他在村子的宗族学堂读过几年书，旧时也算是有文化的。

　　客家人重读书。旧时当地有一定人口的乡村都办有学堂，男孩子到了入学年龄，都要送到学堂去，写写算算，以便长大后谋生发展。小孩子从牙牙学语起，就会唱一首儿歌："蟾蜍罗，哥咯哥，唔读书，冇老婆。"有天赋的孩子要造化，读完宗族学堂后再走出村子，到更高级的学校去求学，直至学业有成，求个功名，光宗耀祖。

　　爷爷中等身材，五官分明，老实厚道。他很早就开始经营伙店生意，且从业终身。伙店是旧时当地服务业不发达的产物，兼有饭店、旅店功能，规模不大，可吃可住。爷爷的伙店迁徙了几处，都离得不远，方便照顾家庭。最后一次迁徙是1948年，当时在大坪圩镇上经营的店铺倒塌了，无奈搬到八公里外的兰亭小街上去。兰亭小街不是圩镇，店铺不多，在交通要道上。每逢镇上圩日，小街上车水马龙，过往行人不少。国民党军队溃败逃往台湾时，路过了这条小街，吓得人们惶恐万分，来不及逃跑的人们都紧锁店门。其时，我叔父就在爷爷店里，他清楚地听到了胡琏兵杂乱的脚步声。万幸的是，胡琏兵忙于逃窜，无暇扰民，人们只是虚惊一场。事后有人说，是山坳上的"土地伯公"显灵保佑，才使小街化凶为吉，胡琏兵到其他村子却抓了人，说得活灵活现。当然，这是闲话。

爷爷的伙店没有雇请员工，生意好时家里人分别来帮忙。我五六岁时，奶奶领我去看爷爷。途中经过一条狭长的山坑，荒无人烟，路边杂草丛生，真可谓"道狭草木长"。山不高，浓密的林木中不时传来鹧鸪的叫声，令山坑显得格外宁静。山里人称鹧鸪为"把坑鸟"，据说一条山坑里只能有一对同属，如来了第二对，它们就将进行你死我活的搏斗，直至胜者留下来为王。其叫声分贝极高，节奏感极强，富有穿透力，而鸟体可不大，是珍稀山肴。我们好不容易才走出这条山坑，远远望见了人家。奶奶告诉我，多少年来，她时常都是一个人打这里经过去看爷爷。她的胆量可真够大的！

兰亭小街坐落在一个山坳上，街头有一棵古榕，树体巨大，斑驳沧桑，枝繁叶茂，遮天蔽日，是小街一景。小街的正中央有一口水井，常年清澈见底，井水特别甜。用这口井里的水做的豆腐，如鸡肉状，鲜甜可

古榕（温华文　摄）

口。客家酿豆腐闻名遐迩，而兰亭酿豆腐更是非同一般。小街因这口井而闻名，因此不知不觉"兰亭井"替代了地名。

爷爷的伙店是一卡铺，店面不大，深进，里面光线不好。进门的左边是条柜，柜台上总是放着一把长长的算盘，珠子锃亮锃亮的。柜前放着一张长长的板凳。背柜上零星摆放着散装的烧酒、茶叶及花生米、饼干之类的商品，品种很少。来了喝茶饮酒的顾客，有的就坐在板凳上。我看到一位上了年纪的老人，坐在板凳上饮酒，品得很香的样子，而下酒的只有几粒花生米。伙店的后半截是厨房和卧室，其中一间卧室摆放着一张长长的空床，这是为投宿人准备的，他们打开铺盖就可以住宿了。

爷爷生了三个儿子、两个女儿。我是长孙，我出生时他已是花甲之年。他一生经商，一生贫困。红烧猪脚筋是我爷爷的一绝。闲暇时，爷爷会拿起铜制水烟壶抽起烟来，时而还吐出一串串圆圆的烟圈，脸上显出逍遥的微笑。到了晚上，我和奶奶都睡了，爷爷仍坐在柜台前抽着水烟，金丝眼镜在煤油灯下显得格外夺目。

爷爷一生从业伙店，结识的人多，不论乡绅还是贫民，甚至过路客，都有朋友。因他为人厚道，乐于助人，有的朋友向人家借钱，都习惯找他做"担头"（即担保）。借款人如还不了款，爷爷便替人还债。因为这个原因，造成他不断变卖家产，最后把家里全部的田地都卖光了。爷爷遭受到极大的打击，几乎到了崩溃的状态。因此，他患上了吐血的疾病，时常晚上醒来，被子上留下一摊摊血迹。解放后，境况变了，他吐血的疾病也不治而愈。他到了古稀之年仍在经营伙店，不是为了赚钱，而是选择一种适合自己养老的方式。

　　"文革"开始后，出现了打砸抢，甚至武斗的现象。其时我父亲在省城工作，叔父在外省工作，经几兄弟商议，决定动员爷爷回家养老。小街供销站老职员黄宗运是爷爷的忘年交。爷爷告老还乡时，两人谈了很多话。他有一本陈年旧账因时间久远，且涂改多，里外发黄，有的字迹已模糊不清，老黄花了不少时间帮他重抄了一本，里面记录的都是人家借他钱的流水账，每笔数额不大，但累计起来在当时也是一笔可观的数目。而奇怪的是，在离别的前一天，爷爷突然把新旧账本全部付之一炬。其所思所想，只有他知道。爷爷回到家后不久，得了脑出血，神志不清，瘫痪在床，虽四处求医仍毫无疗效，治疗大半年后就逝世了。

　　爷爷患病时，奶奶一直在照料他。她是文盲，不知爱情为何物。她的娘家在邻村两公里远的地方。她自13岁过门做童养媳开始，就一心依附爷爷，勤劳俭朴，生儿育女，相夫教子，无怨无悔。爷爷的逝世，令她悲痛万分。

爷爷的丧礼办得很隆重。好心的主事长者还请来了和尚为他超度。一番热闹过后，伴随爷爷去的，只有那把他心爱的水烟壶。

爷爷逝世时，我已12岁。他的第八个孙子还未出生，而他，已经无法看上一眼了。

（写于2019年）

从老同学聚会说起

2018年10月，高中毕业46年的同学相约在母校聚会。母校是百年老校，桃李芬芳。二十世纪五六十年代是全县第五中学，后来改为与镇名一致，叫大坪中学。上了年纪的人，容易怀旧，为方便联系，建了个微信群，群名叫"风华五中"，寓意风华正茂、激情依旧。外人无法评判这个名字的优劣，而校友却一致赞许。取这个名字的同学，无疑是个"鬼灵精"。我们这一届班级多，共10个班600多人。大家走出校门快半个世纪，虽为同乡，但各散西东，多数人已无联络，音信渺茫，能进入微信群的同学，都是有一定活跃度的人。

南国的10月，还没有一点寒意，从四面八方赶来母校的同学，在召集人丘国华等同学精心准备的会议室里聚会。一张张中学时还带有几分童稚的脸孔，如今已爬上了皱纹，两鬓也有了霜白。久别重逢，大家分外亲切，会议室一下子就炸开了锅，热闹非凡。当年的"赤古、蛮牛、黄毛、白妹、阿狗、阿猫"，已成了党政官员、社会名流、作家、教授、国企老总、私企老板……有了光鲜、亮丽的身份。虽已退休，印记犹存。同学们激动地握手、拥抱，不亦乐乎。就连以前从未打过招呼的同学，也似乎成了密友，忙着添加微信、交换电话号码。

学校旧门楼（大坪中学提供）

　　同学相逢，唤醒了尘封的记忆。我们都出生于二十世纪五十年代，多数人家在农村，从小就在田地里摸爬滚打，饿过肚皮。到了中学，生活仍很艰苦，大家勒紧裤带寄宿上学，每周背上几斤大米、几斤番薯片或木薯片，再加一瓶咸菜干，就是六天的伙食。有的同学家境好一点，在咸菜干中加几块肥猪肉，就算是奢侈的了。长身体的年龄，胃口特别猖狂，到了晚上，肚子经常咕咕叫。谁也没有想到，如今站在面前的同学们，一个个营养过剩，有的还沾上肥胖症、高血压，要靠跳广场舞、跑步、打球减肥。我们上高中时，正值"文革"中期，学校的秩序还没有走上正轨，高考制度还没有恢复，学生迷惘，教师迷惘。而根植于文化之乡的沃土，不少学生不失求知的基因，仍然自觉读书，他们最终成了人生的胜利者。岁越久情越真。同学们无拘无束，天南地北，海阔天空，仿佛又回到了风华岁月。在小小的会议室里，一张张老顽童的笑脸，如灿烂的花朵，绽开在寒暄、回味、嬉戏之中。

　　为了这次聚会，我请知名画家燕敦俭创作了一幅国画，名为《桃李芬芳》，聊表学子的感恩之情。当校长接过这幅国画时，我们的心情激动难平。我们站在母校门前留影，既为感恩母校，也为岁月留痕。这里曾经走出过一批批学子，还有为数不少的被誉为家乡"特产"

的学者、教授，他们为祖国建设添砖加瓦，贡献了才华，为家乡争了光。这是神圣的大门、知识的大门、文明的大门。

46个春秋瞬间即逝。我们站在熟悉而又陌生的校园里，感触良多。时代变了，我们变了，校园也变了。昔日砖瓦结构的校舍，全部变成了钢筋水泥结构的楼房，校园增添了时代气息，留下了改革开放的印记。

我的思绪不禁穿越时空，过去校园的情景历历在目。

当年母校的校园是开放式的，特别大，一幢幢校舍依山而建，错落有致，掩映在茂林修竹之中。从远处望去，宛如公园景区，颇有几分雅气。

校园的建筑实用简洁，没有亭台楼榭、曲折游廊。正门的多级台阶有学府的风范与韵味。最令人难忘的是东院和西院，都是有沧桑感的建筑，时间久远。

东院是具有岭南风格的骑楼式二层楼房，封闭式的内院有古堡风情。一楼是男生宿舍，楼上是教室和男教师宿舍。梅州乡镇的学堂，自古崇尚捆绑式教学，师生同住，教学不分昼夜，学生遇到学习方面的问题，随时可以找老师。这也许是这里人才辈出的重要原因之一。我刚满12岁就被推荐上初中，开始寄宿在东院最角落的宿舍。房间里摆放着三张双架床，同住六个同学，床虽欠美观，但牢固实用，足令当今不少喜时髦的设计师汗颜。学校没有电，学生每人自备一盏煤油灯。我在马头牌蚊香盒子中间挖个圆孔，再贴上香烟盒的箔纸，就成了灯罩。虽煤油是凭证供应的，但学校的学习任务不重，学生不用焚膏继晷。有一天，几位同学在房间内嬉戏玩耍，突然地面上露出一个洞，有人放根木棍进去探视，木棍掉下去了，吓得大家出了一身冷汗。总务处派人来查看，未弄清原因，批了我们一顿，盖上水泥了事。其实，这就是虚土年久所致。我们胆子小，盼望早日换个房间，自此谁也不敢独自住在这个房间。

我先后在东院住了几年，曾换了四个房间，处处有风景。如有同学借来一本好小说，大家争着看，有时你争我抢，闹得不可开交，往往把书页弄破了才停止。粗大的双架床木柱上，依稀可见一些文字，如"书中自有黄金屋""不跳龙门誓不休"之类的字句。这些都是已走出校门的学长留下的。因刻在木上，难以去除。

西院是单层的古堡式建筑，规模不大，是改变功能而成，为女生宿舍。这里房小人多，显得拥挤，空间晒上衣服等用品，更不雅观。这种环境，与如花似玉的少女们极不协调。在男生眼里，西院是神秘之所，缺乏胆量的男生都不敢进去。当然，也有男生喜欢前往。

东院与西院之间，有一个不大不小的广场，背后有一片白玉兰树，有的树干巨大。花开时节，香气袭人。东风来了，东院一片香；西风来了，西院香一片。林黛玉小姐说过，"不是东风压倒西风，就是西风压倒东风"。我想，如果东风与西风皆有不是更好吗？人人有香可品。二十年前，我曾在省报上发表过一篇散文《校园钟声》，其钟声就来自这片白玉兰树中。上初中时，我曾在这个广场做过"早敬祝""晚汇报"，跳过"忠"字舞，当时天真无邪，热血沸腾，恨不得自己快点长大。

校园的最后一排教室是五院，我在这里上过一年课。教室到后面的山坡没有围墙，山坡成了学校的后花园。这是一片黄土地，以前寸草难长，山坡被风吹刮得光溜溜的，水土流失严重，晴天张牙舞爪，雨天头破血流。不知何时，山坡上撒了马尾松的种子，一棵棵马尾松长了出来。马尾松是奇特的树种，不管多瘦瘠的土地，只要有阳光雨露就能生长。如有沃土，还能成材。这片小松林，树木长得不大，见不到参天大树，但枝繁叶茂，四季常青。一棵棵小松树连成一片，郁郁葱葱，光秃秃的荒山绿起来了，变成了林地，以前被雨水冲刷形成的小沟小壑倒成了风景。为爱松声听不足！偶有闲暇，我喜欢邀几位好友到小松林散步，看看山景，吹吹清风，享受大自然的景致。天气宜人时，带上一本小说，席地而坐，或仰卧遥望蓝天，一边看书，一边听着松涛声，遐想联翩。我到城里工作后，每当看到城里的学校袖珍狭小，都会想起母校的校园，还有这片小松林。

马尾松，一棵棵在瘦瘠的土地上顽强生长的马尾松，坚贞而顽强。看到一张张老同学的脸孔，我想，母校的学子不正像一棵棵小松树吗？

（写于2018年）

名人风韵篇

追忆王佛松院士

"一桌双院士"，是兴宁市广为流传的美谈。王佛松和汪懋华在兴宁一中读书时曾是同桌，后来，双双成为院士。王佛松为中国科学院院士和第三世界科学院院士；汪懋华为中国工程院院士。院士是国宝级的科学家，同桌同学双双成为国宝，实属罕见，这成了兴宁市的一张亮丽名片。

也许是缘分，我与王佛松院士相识几十年，君子之交，受益良多，留下很多难忘的记忆。

1989年，我在深圳科技园第一次见到王院士。当时他是中国科学院副院长，正与深圳市委主要领导商议深圳科技园建设事宜，下榻在园区招待所。那时的园区刚开发，举目荒野，到了夜晚，草深无处不蛙声。这里到市区还有十多公里弯弯曲曲的沙石公路。那时我在南山区委办公室工作，晚上我们在招待所相见。他中等身材，五官清秀，脸上白里透红，少有的南方美男子形象；言行举止，谦和优雅，颇有学者风度。见面时，与他同行的中科院秘书长张玉台也在场，话题多为南山世事。我们聊得轻松、愉快。挥手告别时，王院士嘱咐我到了北京时请到他家里做客。初次见面，我们便成了"老朋友"。

次年，我到北京参加一个培训班，住在中央党校。会务组每周给每个学员两张洗澡票。广东人有每天洗澡的习惯，一天不洗澡就会觉得不舒服。我到王院士家做客时无意间聊到此事。王院士主动邀请说："这好办。请你到我家里来洗澡，这不就解决了吗？"我受宠若

作者与王佛松院士合影（摄于2000年）

惊。婉言谢绝后，他仍诚恳地邀请。他的夫人廖姨也插话邀请。那个年代，北京满街是黄色小面的，被人戏称"黄虫"。小面的实惠、方便。盛情难却，于是我多次坐"黄色小面的"到他家洗澡。王院士位高权重，如此平易近人，令我感动不已。

我在深圳南山、罗湖两区工作期间，曾先后到中科院下属的北京、长春、西安、安徽等地的十多个科研机构考察洽谈过，每次都是由王院士安排协调。这些年，我与王院士的联系特别多，他的秘书董志刚也成了我的好朋友。董秘书多次说过，王院士为人热情、厚道，但对工作要求特别严格，尤其是对浪费时间行为零容忍，惜时如金。因此凡与王院士有约，我都特别守时，为此他还表扬过我。

有一年，王院士来深圳出差，我们私下闲聊时，王院士说上大学前，他因家穷曾在惠州淡水镇摆过地摊，这次想去那里看看。当时我在街道当书记，工作繁忙没法陪他们夫妇俩一起去，便请龙岗公安分局局长刘国辉同乡安排了一台车专程送王院士夫妇故地重游。王院士回来后高兴地告诉我，他顺利地找到了老地方，还见到了"驳脚表姐夫"，总算了却了一个心愿。谈着谈着，他激动起来，开始谈到他的身世。自这次以后的见面，他还重复谈及过他的身世。我为之感动，真可谓"自古英雄多磨难"。

王院士出生在兴宁市宁中镇星民村天锡围塘背王屋,父母都是文盲。在王院士出生前,父母已生了11个女孩,但因生活贫困,缺衣少食,剩下的没有几个。父母因此失去了生活信念,曾投塘自尽,幸得被亲属及时发现救起,并得到他们生活上的救助。后来王院士出生,他们才树立了生活信心。他们请老学究为男孩起了个吉祥的名字,叫"佛松",又抱着儿子到佛寺拜菩萨,带回了一条吉祥颈链,戴在儿子的脖子上。其实这

王佛松院士祖屋塘背王屋(黄纯斌 摄)

条颈链是一枚铜钱在中间的方孔上穿一条红绳子。有一天，房门前的天井里突然冒出了一只奇丑无比的大蟾蜍，父亲怕吓着儿子，拿起棍子去驱赶。有位老人见状制止说："好兆头！你儿子属鸡，这叫金鸡登蟾，一鸣惊人。你儿子将来有造化啊！"

自有了儿子，父母的精神振作起来。儿子刚学话，母亲就教他念"蟾蜍啰，咯咯咯；唔读书，矛老婆"之类广为流传的儿歌。稍懂事时，父亲常给他讲《三国演义》《水浒传》《薛仁贵征东》《罗通扫北》等一些脍炙人口的故事。旧时兴宁乡村，时有说唱的盲人走村串户，利用夜晚摆台说唱，以赚点小钱糊口，其唱本的内容多数是以古典文学为题材。乡下人听多了，都会说出一二，记性好的还变成了故事王。

王院士5岁时，父母带他去拜"孔子"，开始送他到私塾读书。他从小聪颖好学，老师特别喜爱。他住在宗族围龙屋，大门对联是："名宦乡贤弟，忠臣孝子家。"前面有门坪和一个半月形的池塘，小孩子们喜欢在门坪里玩耍。王院士家的房子在右侧小门的入口处。他从小就喜欢待在房里读书，门口的热闹似乎与他无关。三四年级时，他写了一首打油诗挂在房间墙上："人生在世几何时，何必全心为己呢？青春一过老年至，一至老年又如何？"上高中时，他父亲病痛缠身，家里贫穷得已无法供他上学，幸得有位老师爱才心切，鼎力相助，他才念完高中。高中毕业后，他先到乡村小学教书，以聊补无米之炊。他还当上了校长，但每月领到的薪水是一点大米。知子莫如父。父亲对他说："田角湖里养不了大鲩，你还是到外面去闯吧！"在父亲的支持下，他买了一批家乡毛笔和日用品，告别年过半百的父母，到惠州淡水镇去做生意，以积集继续上学的经费。临行时，母亲找来他小时候戴过的吉祥颈链，用红纸包了一层又一层，叫儿子带在身上保平安。他孤身远行，先步行后坐船，好不容易到了淡水，寄宿在一位"驳脚表姐"家里。

淡水与现在的深圳相邻，依山近海，商贸繁荣。王院士晚上睡在鸡窝旁的一张小床上，经常帮主人做点闲杂家务。白天到街上摆地摊，没有顾客时，他就捧起《范氏大代数》《朱吴两氏高中化学》聚精会神地看。一次被人在眼皮底下偷走了几件物品，直到旁人提醒他才发现。有时骄阳似火，他就把地摊移到旁边不远的大榕树下去；有时碰到骤雨，他就便手忙脚乱地收拾摊档。旁边一个店主姓黄，看到他斯文好学，便主动邀请他把地摊搬到其店檐下去，店主用几块门板为王院士架起一个摊档，使他免去了日晒雨淋之苦，而黄老板不收一文钱。几十个春秋已过，王院士对黄老板的善举仍念念不忘，铭刻在心，遗憾的是，旧地重游时已无法找到他了。在淡水摆地摊一年，王院士虽赚了一点钱，但除去吃宿费用和成本，所剩无几。他带着几分失意告别淡水，步行几天几夜返乡。他背包里有一双鞋，但担心长途步行弄破了鞋，舍不得穿，跣足而行。回到家里，双脚起了一个个疱，血迹斑斑，母亲见状伤心流泪。淡水的经历，让他见了世面，领略了人间冷暖，使他更坚定了考大学的决心。

1952年，高考的机会到了，考场设在广州。父母四处求人筹钱，在亲属、亲戚的支持下，勉强筹集了费用。7月间，王院士和四十多名兴宁学子，先坐车到龙川老隆码头，再乘船沿东江水道去广州。2000年前，南越王赵佗调动秦兵，常走这条水道。传说当时有的秦兵目睹滚滚东去的江水，百感交集，他们想念家乡，想念亲人，他们想不到告别亲人南征时竟成了永别，还出现过有的秦兵投江自杀事件。而王院士坐在船上，目睹滚滚向前的江水，犹如听到了自己向知识的海洋奔跑的脚步声，他很兴奋。身上的盘缠虽有限，但他感到沉甸甸的，这是整个家族对他的期望。开弓没有回头箭，除了拼搏，他没有退路。看到这群风华正茂的客家学子个个意气风发，信心满怀，他心里也暗暗鼓劲。

经过两天两夜的航行，他们到了广州，住在一个中

学图书馆，男女同学在一起打地铺。考完试，他们就地
等待录取消息。

广州是古城、名城。二十世纪五十年代初，爱群大
厦是全城最高楼，雄伟壮观；南方大厦是华南地区最亮
丽的百货商店，商品琳琅满目；长堤有"广州外滩"之
称，到处车水马龙，商业繁荣。首次到广州，这无疑
是开眼界的好机会。而王院士囊中羞涩，连吃饭钱都患
愁。好不容易等到8月中旬，南方大学第一批公布了录取
结果，他被录取了。这是旨在培养行政干部的大学，虽
非他的第一志愿，但学校免费提供吃宿，此时他已身无
分文，便马上去报到了。因他考得好，被推选为班长。
后来，武汉大学化学系又录取了他。在指导员的帮助
下，他如愿到了他向往的武汉大学。

武汉大学是名校，人才辈出。校园风光如画，到了
樱花季节，到处樱花飘飘洒洒，仙境一般。王院士如鱼
得水，沉浸在知识的海洋里。他珍惜时光，刻苦读书，
学业操行成绩，均列优良，被选为班干部。毕业前一
年，经全国层层选拔和严格考试，他考取了公派留苏研
究生，在苏联科学院高分子化合物研究所读书。这一年
他还双喜临门，与贤淑漂亮的同乡知识分子廖玉珍喜结
良缘。

在苏联留学期间，他如饥似渴，刻苦学习，几年未

回国探过亲，导师对他厚爱三分。在全苏第九届门捷列夫化学大会期间，他的一篇论文被破格选上，他第一次登上了国际学术讲坛，成为一颗耀眼的新星，引人注目。由于成绩优异，在公派留苏的学生中，他第一个提前七个月毕业，获得化学副博士学位。1960年，他提前回到了祖国，回到了分别几年的妻子身边，到中科院长春应用化学研究所工作。夫妻俩在长春一干就是二十多年，三个子女均在这里出生。如今他的后辈有四个博士，后继有人。一家五博士，被誉为"博士之家"。

改革开放后，王院士精神焕发，加倍努力工作。1979年，他以客座教授的身份赴意大利一个科研机构工作学习，主攻高端前沿科技。他投身科研事业，在我国合成橡胶、无机纳米复合和光电高分子材料等基础研究及应用研究方面，做出了重要贡献，先后获得国家科技进步奖特别奖、国家自然科学奖二等奖、日本高分子学会国际奖等多项奖项。1988年，他被提拔为中国科学院副院长，委予重任。他还先后被评为中国科学院院士及第三世界科学院院士，并担任过全国人大常委会委员、全国政协委员等重要职务。

王院士兼任中国科学院化学部主任期间，有一年在深圳开常委会，以便部分院士会后即到香港参加"两岸四地"科学家学术交流会。他委托我在我主政的辖区找了会议酒店。会议期间，辖区市人大代表、企业家陈建生，主动宴请与会院士。他别出心裁，安排了富有地方特色的菜肴。院士们非常高兴，高度评价广东菜。王院士说："科学家都很辛苦，且普遍很清贫。品尝如此美味的广东菜，我也是头一回。"我建议请记者对他们的会议做宣传报道，而王院士认为没有必要，谢绝了。其实，这么多院士和有突出贡献的科学家会聚在深圳，在当时是前所未有的盛事，但没有任何新闻报道，这本身就是一个大新闻。

王院士离别家乡多年，但他的客家情结一直很深。2011年，杨宏海和我等人发起成立市客家文化交流协会，协会拟邀请王院士和曾宪梓博士担任顾问并题字。我与王院士沟通后，他愉快地答应了，并很快寄来了题字："联谊客家，交流文化。"他还几次过问协会的运作情况。近几年，我发表了一些反映梅州客家乡情的散文，王院士每篇必看，有时还在微信上写评语。比如，他看了《梅州日报》上我写家乡大坪圩的散文《故乡旧思最惹思》后，给我发来微信："散文已拜读。一篇好文章：文笔流畅，写意真切，读之如亲见其境。难得，难得！我没去过大坪圩，以前以为是山圩一个，没想到还有那么多故事，受益匪浅……"又如看了《梅州日报》发表的散文《神光山》，他马上发来微信："你的文笔我很欣赏，可谓行云流水，铿锵有声。拜读之余，有时忍不释手。我建议你可以出版一本散文集，肯定能收到好效果。"他80多岁高龄，仍如此关心家乡，关心家乡的人和事，实在难能可贵。本来我与他电话约好下次见面时采访他，写一篇关于他的散文，谁知世事难料，无情的病魔夺去了他宝贵的生命。

斯人已去，风范犹存！

（写于2023年4月）

我和作家陈国凯

陈国凯是我非常尊敬的著名作家。他于2014年5月病逝。因消息不及时，我没有参加他的追悼会，这成为我久久的遗憾。他后期多在深圳工作生活，好几次跟我说："在深圳的朋友不少，而知心朋友就几个，你就是其中一个。"而我，没有送他最后一程，怎么会不遗憾呢？

"文革"结束不久，国凯发表了小说《我应该怎么办》，誉饮文坛，成为"伤痕文学"的代表之一。自此我知道了国凯这个名字。之后听说他是梅州五华客家人，就更加关注他的信息了。

1983年，我在梅州《梅江报》编辑部工作，被临时抽调到地区人口普查办编简报。一次因公出差去广州，到兴宁军用机场坐民航班机。进入小小的候机室，看到一位眉清目秀的中年男子弓着身子横躺在靠椅上，睡得很香，很雅静，没有人去打扰他。登机时，他起身排队，我一眼认出他就是国凯，因为我在一个公众活动上见过他，只是没有交流。我想走上前去自报家门打招呼，又怕唐突，且手里又提着沉重的行李，便放弃了。

1990年，我已在深圳南山区区委办公室供职两年。深圳特区文化研究中心的同乡杨宏海，邀我到通心岭国凯家里拜访，祝贺他当选省作协主席。这是我第一次与国凯交流。他长得斯文，瘦弱，高度近视眼镜后面的两只眼睛炯炯有神，会把人看透似的。他用客家话与我们交谈，讲话不多，慢条斯理，很亲切。他得知我在南山区区委办公室工作，话题也多起来，并爽快地接受了我的邀请。

离开国凯家，我余兴未消。我想，五华独特的风土人情，造就了五华人"硬打硬"的性格，这里自古出武将，而现在出了个大文人，还当上了省作协主席，不知是什么造化。

二十世纪九十年代的南山区，是深圳的"郊区"，离市区十多公里的沙石公路，弯弯曲曲，高低不平。辖区有特区开发最早的蛇口和最偏僻的西丽。区里的主要领导都是知识分子出身，注重对外交流。他们要求我们办公室综合部门，多联系记者、作家，以便他们宣传南山。我几次邀请国凯，他都高兴地来了，还带上夫人纵瑞霞。他没有大作家的架子，礼貌、随和。我们一起聊区里的经济社会，聊闲情逸事，聊客家风情，似有聊不完的话题。他曾在蛇口体验过生活，对蛇口不陌生，其长篇小说《一方水土》中的不少素材正是取之于此。

我与国凯很投缘，交往几次后就熟了。他说我身居官场却没有官场的习气，而且不抽烟，不喝酒，不打麻将，难得。他说我们有许多共同话题，在同一个频道上，希望常与我交往，多见面聊天。

国凯知道我发表过一些文学作品，两次催我拿给他看看。他看了后，说我够资格加入省作协了，他当我的

作者和陈国凯合影（摄于1996年）

入会推荐人。作为文学青年，这当然是求之不得的事。我就这样走了捷径，加入了省作协。此后，我与国凯的交往更密切了。

深圳特区开发建设初期，中国作协独具慧眼，捷足先登，选在风景秀丽的西丽麒麟山下建了创作之家。这里，背山面水，鸟语花香，夜晚萤火点点，蛙声一片，如世外桃源，是激发灵感之地。中国作协常组织知名作家到此疗养创作，也让他们感受特区建设的氛围。

一次，高晓声来了，国凯安排接待，叫我作陪。

我看过高晓声的作品，其《陈奂生上城》给我留下很深的印象。与二位知名作家在一起，我有点兴奋。高晓声其貌不扬，一副苦大仇深的农民形象，与其幽默的作品很难联系在一起。两位作家的普通话都不标准，国凯是带广府味的客家普通话，高晓声是南通口音很重的普通话，但这并不影响他们交流，他们谈得很投入。两人都有农村经历，高晓声成功塑造了陈奂生的农民形象，国凯成功塑造了阿通农民和工人的复合形象，他们在一起，难免会有共同话题。

高晓声对特区很感兴趣，想到农村去看看。国凯让我安排并陪同。当时的南山，还是特区中的"农村"，我向领导请示后，安排高晓声到南园村走访。村里的吴书记见过世面，介绍得有条有理，只是其当地普通话高晓声听不懂，高晓声的话他也听不懂。我从中做翻译，高晓声很认真做笔记。

国凯身为省作协主席，而居住在深圳，工作有所不便。他说他践行无为而治，抓大放小。他这个主席似乎当得轻车熟路，游刃有余。他深居简出，不把过多的时间和精力花在应酬上。外省市重要的客人和朋友来了，他也不失礼节，尽地主之谊接待。我陪他接待过蒋子龙、邓友梅、徐迟、赵本夫等一批知名作家。有些作家还成了我的好朋友。他的接待安排很考究，富有艺术性。

国凯和蒋子龙同出名师秦兆阳门下，分别为广东和天津作协主席。两人性格不同，作品风格各异，但情同兄弟，堪称文坛楷模。他们也习惯于以兄弟互称。蒋子龙到深圳的次数不少，他说多半是为了见国凯。每逢蒋子龙到来，国凯的精神都特别好，平时不修边幅，这时却要打扮一番。记得1991年间，蒋子龙来了，想去参观华侨城民俗文化村，国凯几次给我打电话，让我好好安排一下。我费了点心思。参观时，国凯和夫人纵姨全程陪同。景区表演队队长全程讲解，尽量把民俗村的亮点展示给两位大作家。他们一路参观一路欢笑，时而碰撞出艺术的火花。到了纳西族小寨，纳西姑娘亮出看家本领，还为两位作家现场书写了纳西文字书法作品，以表敬意。

国凯为人低调，不事张扬，不务虚名。他给过我一张名片，唯一的头衔就是"中国作家"。我在南山、罗湖当区委办负责时，曾多次准备安排协调主要领导接待他，都被他婉言谢绝了。他说朋友闲聊，自由轻松，没有负担。官场应酬，就不是那么一回事了。

记得有一回，省作协几位领导到深圳与国凯开会，安排晚宴，国凯叫我参加。市里一位非同一般的局级领导得知后，也来凑个热闹。国凯既不失礼，也不巴结奉承。这位领导感觉被冷淡了，中途告辞，弄得我好不尴尬。后来这位领导官运亨通，直至主政一方。

1994年春，我被安排到罗湖一个街道办事处当书记，担子重了。国凯专门来道贺，并说主官不好当，他有切身体会，语重心长。我有意无意效法国凯的为官之道，抓大放小，不独揽大权。有空时，照样请他出来喝喝茶，聊聊天。蒋子龙来看我时，聊起此事，他很感兴趣，回去后写了篇散文《心态》，直到发表后才告诉我。国凯准备出版一本散文集，也要写写我，我婉拒了。他解释说，只写友情，不写为官，我就不便拒绝了。他写的散文叫《友人黄纯斌》。集子出版后，他送了我10本书。之后另一个出版社出版他的文集，他又把这篇散文收录进去，只是换了个标题。

有一年我回了老家，触景生情，回来写了一篇客家风情散文《故乡的小河》，请国凯给我指点指点。他看后盯住我，说写得好，有散文的味道，不需要修改了，只是素材多了点，本可分两篇来写。他亲自把这篇散文推荐到《南方日报》，很快就见报了。他说我有写散文的潜质，鼓励我以后多写点散文，练练笔，权当消遣。

机荷高速公路刚建成通车时，是深圳一道亮丽的风景线，国凯邀我去兜风。那天，秋高气爽，我们驱车在宽阔的柏油路上，心旷神怡。国凯心情特别好，一路讲客家古仔，令人捧腹。这些民间笑话，寓意深刻，不愧是精彩的口头文学，只可惜入不了书。我非常佩服他有心去收集如此多的民间笑话。也许，这对他的文学创作不无裨益。

国凯是性情中人。他曾经多次和我聊过人生，聊过家庭，他有一种特殊的视角。这，与他的经历有密切的关系。

国凯出生于1938年，祖父旧时是大律师，曾当过苏州法院院长，家里藏书丰富。他从小受文化的熏陶，打下了良好的古文功底。在特殊年代，这种背景让他吃尽了苦头。爱情的女神偏爱这位才子。二十世纪六十年代中期，当时有傲人条件的大学生纵瑞霞投进了他这位普通工人的怀抱，二人结为伉俪。他们几经风雨，恩爱有加，情深意笃。国凯称她"有妻子的纯真、母爱的温柔，还有严师般的教益"。国凯长期带病创作，为了支持他的事业，纵姨既当保姆，又当文秘，包揽家政，毫无怨言。谈起妻子，国凯总会露出自豪的笑容。

有人说国凯不善言辞，其实不然，他的讲话含金量高。时常人家用流利的普通话讲半天才表述完的事，往往他用几句蹩脚的普通话就表述完了，且一语中的，恰到好处，有时还有惊人之语。

有一次，我到国凯家拜访，因彼此熟了，未事先预约。叫开门后，客厅里的场景弄得我莫名其妙。一张大大的棉毯吊在墙壁上，国凯半躺在懒人椅中，静静地欣赏音乐。他解释了一番，我才知道棉毯是用来听音乐的。

国凯领我浏览新改造的书房，书架上放着一排排CD唱碟：古典的，现代的；钢琴的，小提琴的；贝多芬、肖邦、莫扎特、柴可夫斯基等等，分门别类，比音像店摆放得还整齐。客厅是他的音乐厅。音响主机是英国的。他喜欢英国声：舒缓，典雅，有阴阳之美。他说客厅装了28个大小喇叭，主线一米就花了一两千元。他当过电工，音响组合从选材到安装都是自己完成的。他讲得头头是道，俨然是个行家，而我听得云里雾里。闲暇时，他喜欢躺在椅子上欣赏音乐。他说音乐中有尽善尽美的环境，人的思想最为自由，灵感可以发挥到极致。

国凯发表过《发烧友手记》专著，令音响爱好者叫绝。其把文学元素有机地结合到音响专业的知识之中，使枯燥的音响知识艺术化。这无疑是一种创新，并非一般作家可为，难能可贵。

国凯善于在生活中发现创作素材，善于在音乐中获取创作灵感，这应该是他的文学创作有取之不尽的源泉之奥秘。他逝世了，使中国文坛失去了一位优秀的作家。去到天国，也许他也闲不住，他的作品《我应该怎么办》提出的问题不是还没有解决吗？他还要去寻找艺术的答案。

（写于2018年）

我认识的作家徐迟

　　1978年初，我读到徐迟的报告文学《哥德巴赫猜想》，非常激动，连续读了好几遍。从此，我喜欢上了报告文学，也记住了徐迟。两年后，我调到报社当记者，碰到合适的题材，我就试着写成报告文学，没想到还在省级报刊发表了好几篇。这，也成为我后来申请加入省作家协会的"重要成果"。

　　二十世纪八十年代末，我调到深圳工作，与著名作家陈国凯常有接触，并成了好朋友。他担任广东省作家协会主席后，仍常住在深圳。他知道我喜欢徐迟的报告文学，也希望能够有机会见上徐迟一面。1993年初，这样的机会来了。一天，国凯打电话告诉我徐迟来深圳了，问我可否代表他去接待。我当然求之不得。国凯叮嘱我，徐迟七十多岁了，刚再婚，夫人很活跃，喜欢唱歌跳舞，方便时可安排活动一下。当时我在罗湖区委办公室，接待应酬是常有的事。我打电话到徐迟住宿的华强南路赛格公寓，接电话的是他的夫人陈彬彬。她与徐迟沟通后，我们约定晚上见面。

我到了赛格公寓，开门的正是陈彬彬，我们交换了名片。这是一个小套房，客厅不大。徐迟从房间里走出来，礼貌地与我握手。他个子高，脸部轮廓分明，标准的学者模样。他知道我是国凯的好友，对我很客气。他接过其夫人准备好的一本《徐迟散文选集》，在上面签了名送给我。

我们到了罗湖宾馆酒楼不久，正在深圳出差的陈彬彬的大女儿白小姐也到了酒楼。她长得很漂亮，个子比妈妈高。我向徐迟介绍了罗湖区的简况，并邀请他方便时到罗湖区来走访。他听得很认真，但说这次来深圳比较忙，有自己的写作任务，没空走访。其实我也明白，他是知名诗人、作家、翻译家，年事又高，不可能随便走访。他得知我喜欢他的报告文学，并发表过报告文学作品，我们的距离似乎近了起来。聊到国凯，他说国凯有才气，作品有特点，写人物写得很细。聊到深圳，他说，深圳的政策宽松开放，观念新，有活力，他来得不少，每次都有新的感受。

罗湖宾馆是区政府的企业，也是机关的接待点。1992年6月，人民美术出版社原社长、中国书法家协会主席邵宇，下榻在罗湖宾馆时不幸在这里逝世。他曾为深圳早期美术事业的发展做出了很大贡献。徐迟听后叹息说："我知道他，他是跨界艺术家。"

当时深圳的酒楼时兴卡拉OK。我们吃完晚饭后，我提议就地唱唱歌，陈彬彬马上答应了。酒楼的经理小赖挺机灵，她马上叫来几位服务员，很快整理好了房间。我主动请陈彬彬跳舞，白小姐请徐迟跳舞。陈彬彬能歌善舞，我们的个子比较配对，三步、四步、恰恰都跳。白小姐一直陪徐迟跳舞，她们跳的都是慢节奏的舞曲，

徐迟纪念馆

时而休息休息。徐迟跳舞有绅士风度，可以想象到他年轻时的风采。我们有时还唱唱歌，徐迟嗓子不好，没有唱，但跳舞不无兴致。我们一直玩到十点钟，我才送他们回赛格公寓。深圳的夜晚，沿途的深南路流光溢彩，车水马龙，一番繁荣景象。徐迟专注车窗外，我不便拉话打扰他。这个夜晚，徐迟夫妇都玩得开心。分别时，我请他们以后来了深圳就给我电话，我尽地主之谊。

　　这次见面后不久，有一天，我接到了陈彬彬电话，她告诉我徐迟和她到了蛇口，住在龟山别墅。我说去拜访他们，她答应了。

　　龟山别墅地处南山南面的半山坡，依山面海，蛇口工业区尽收眼底。爬到山顶，可远眺零丁洋，这里是蛇口的风水宝地。

　　当时市区到蛇口，二十多公里路程，道路不好走。第二天下午，我驱车到了龟山别墅，陈彬彬很高兴，先招呼我喝茶。不一会儿，徐迟从房间里出来与我热情握手，并说我专程从市区来看他们，路程远，不容易。我曾在南山区委办公室工作过，对蛇口熟悉。蛇口在南山半岛，与香港隔海相望，是深圳建设初期特区中的特区，"时间就是金钱，效率就是生命"的口号是这里提出来的。徐迟告诉我，这次是朋友安排他们住在龟山别墅的，这里环境好，安静，想住下来写点自己的东西。

寒暄了一会儿后，我邀请他们到旁边的明华中心吃饭，徐迟说这里已安排了晚饭，不吃也浪费，便婉言谢绝了邀请。他答应以后有合适的机会到罗湖区去看看。

与徐迟蛇口见面后，我们没有再联系过，我盼望他有来罗湖区的机会，但等到的却是他离婚的消息。我与徐迟没有很深的交往，不便直接打电话与他沟通。1996年底，我又听到徐迟在医院楼顶跳楼自杀的消息，我怎么也想不到这位满腹经纶的智者、长者会以这种极端的方式离开了人间。

也许，在诗人的世界里，徐迟是自由驾驭时空的使者。在那个夜晚，他站在高高的楼顶，仰望万里星空，他看到了北斗，看到了月亮，看到了银河，他飞向天际，拥抱星星，拥抱月亮，他要去九天遨游……

（写于2020年）

高晓声的深圳情结

二十世纪八九十年代，深圳特区的开发建设如火如荼，中国作家协会捷足先登，在深圳兴建了"创作之家"。创作之家位于南山区西丽街道的麒麟山下，背山面水，风景宜人，远离市区的喧闹，颇有几分神秘。一批批国内知名作家纷至沓来，在这里疗养、创作，沐浴特区改革开放的阳光。

1991年冬，著名作家高晓声先生到了创作之家疗养，时任广东省作家协会主席的陈国凯先生叫我一起接待他。我和国凯先生很熟悉，又是同乡，彼此不讲客套话。我开车载他们到南油酒店吃饭。

高晓声先生曾辍笔20年，改革开放后，他重燃创作热情，写出了一系列知名作品，其中《李顺大造屋》《陈奂生上城》连续获得全国优秀短篇小说奖，从而确立了其在中国文坛的地位。高晓声先生其貌不扬，一副憨厚农民的形象，与作品中的幽默风格有很大反差。陈国凯是中国文坛"伤痕文学"的代表人物之一。我作为文学青年，能与两位知名作家聚在一起，心里特别高兴。

按照客人的要求，我们的饭局很简单，没有大鱼大肉。酒楼经理因我们吃得太简单而占了个包房有点不悦。高晓声先生是江苏人，我们上了一瓶绍兴黄酒，但饭桌上没有杯觥交错的热闹场景。两位作家的交流在低频率、慢节奏中进行，聊的是文坛之事。他们讲的都是带着各自浓重乡音的普通话，我听起来很别扭，不知他们互相听懂了没有。也许他们更多的是心灵的交流，一个眼神也就明白对方的意思。

我其时在南山区委办公室任职，也见缝插针，向他们介绍了南山区的情况。国凯先生曾为创作长篇小说《一方水土》在蛇口体验过生活，对这里熟悉。他笑我"借私济公"，又说"现在是初级阶段，允许'公私兼营'吧"。而高晓声先生则听得很入神，当谈到农村的变化时，他感到特别新鲜，话也多了。

第二天上午，我陪高晓声先生到才知道的南园村走访。村支书吴伟泰见过世面，介绍得有条有理。当时的南山区到市区20公里仍然是高低不平的沙石公路，是"特区中的郊区"。南园村是全区从农业转型最早的农村，他们的起步是，把特区开发建设的征地款集中起来建厂房，兴办"三来一补"企业，农民变成了工人，有的还当上了厂长、高管。集体经济迅速发展，农民的收入多了，走上了富裕道路。听到这里，高晓声先生插话说："农民太讲现实了，如当时村里把征地款分给农民，他们大多数人会高兴。村里把征地款集中起来建厂房，发展集体经济，农民长远得益。党支部有现代农民的意识，有远见，有智慧，了不起。"吴书记谈到为了帮助农民解决住房需求，村里准备利用集体土地建统建房，成本800元左右一平方米。高晓声问："我可以买吗？"吴书记笑着说："当然可以。如果你能到这里来住，我们会感到荣幸。"

中午吃饭时，我笑着问高晓声先生："你在南园村买房是否想住下来创作'特区陈奂生'啊？"他笑了。他告诉我，他患有严重的哮喘病，到了冬天很难受。深圳气候好，如果自己在深圳有房，到了冬天便到这里住几个月，避避寒，同时可感受特区改革开放的氛围。南园村的统建房两居室才六七万元，他咬咬牙也买得起。听到这里，我明白他真想在这里买房。

午饭后，我陪高晓声先生参观蛇口。在深圳开发建设初期，蛇口工业区是"特区中的特区"，工业区设有管理局，享有政府职能，其实是企业办政府。1990年蛇口管理局与南头管理区合并成立南山区，从此蛇口工业区的政府职能被剥离。进入蛇口，只见绿树成荫，一派生机，街道卫生整洁，到处可见穿西服打领带的人，偶尔还可以看到洋人。高晓声先生问我："蛇口名气那么大，新区成立时为什么不叫蛇口区？"其实，南山区成立时，为起名问题确实有过争议，蛇口方面建议叫蛇口区，理由是蛇口曾是"特区中的特区"，名气大。南头方面建议叫南头区，理由是这里自古叫南头半岛，历史悠久。后来考虑到蛇口、南头中间有座南山，便确定为南山区。当时特区内设三个行政区，福田区有"田"，罗湖区有"湖"，假如这个区叫南山区则有"山"，三个区正好是"田、湖、山"，有深圳的特点。当然，这并非官方正式版本。听了解释，高晓声先生说："叫蛇口区有特区的时代感，叫南山区则有特区的整体感，且有诗情画意，还是叫南山区合适。"

到了蛇口海上世界，高晓声先生不想上船参观，提出去赤湾村看看。赤湾村很小，背山面海。蛇口开发建设后，这里建了赤湾港，昔日的农村变成了港区。村内有宋少帝陵、天后宫、林则徐左炮台等三个文物保护单位，是全市景点最集中的地方。天后宫还未开放，进不去。林则徐左炮台因要爬坡上山而未上去。我们只参观了宋少帝陵。这是南宋最后一个皇帝赵昺的陵墓，也是

广东境内唯一的皇帝陵。传说是1279年，南宋大军在新
会南中国海被元军追击，走投无路，丞相陆秀夫背负少
帝赵昺滔海殉难，尸体在海上漂了七天七夜后，漂到赤
湾村海滩上，当地村民发现是少帝遗骸，便把他安葬在
天后宫西边的小南山脚上。尘封了几个朝代，直到1982
年赤湾港开发建设时才被发现。这是一座平民化的陵
墓，规模很小。高晓声先生在这里沉默良久，离开景点
时，他说："连皇帝都漂洋过海到这里入土，看来深圳
确是风水宝地啊！"

参观完宋少帝陵后，高晓声先生已有倦意，我便送
他回到创作之家。道别时，他嘱咐我，买统建房的事请
尽力帮助。我表示一定会尽力而为。

元旦过后半个月，高晓声先生在深圳的疗养结束
了，我提前去为他送行。我们在创作之家门前的湖边散
步聊天。冬日的麒麟山下一片宁静，这里没有凛冽的寒
风，微风吹来，湖水泛起一道道涟漪，在斜阳的映照
下，鳞光闪闪，别有一番情趣。高晓声先生来时正患哮
喘，到这里疗养一段时间后，不治而愈。他说深圳真能
养生，他已下决心在深圳买套房，商品房买不起，就买
统建房了。我表示理解支持。

高晓声先生于1992年1月16日回到南京，1月18日给
我写了一封信，感谢我在深圳的"接待"，信中提到了

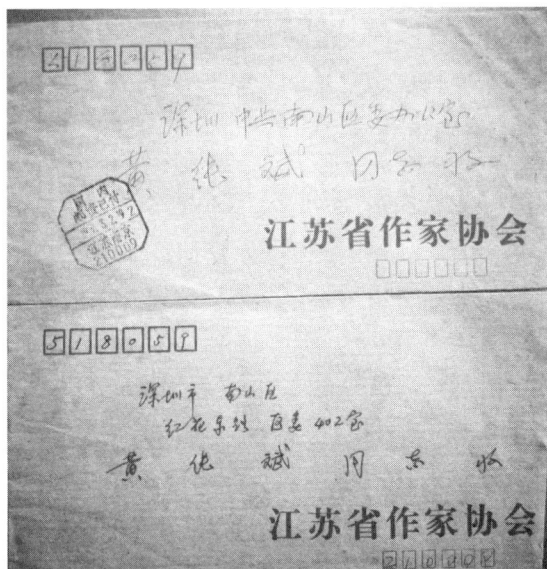

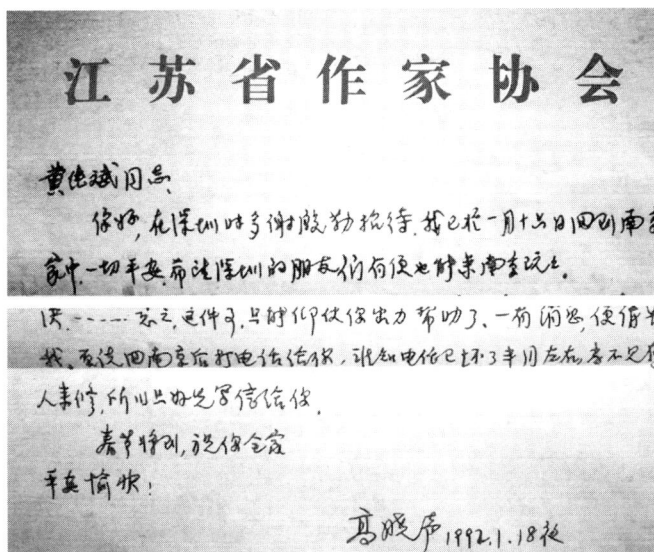

高晓声与作者的书信

买房的事："尽量设法代我买到便宜住房，使我能经常
到深圳来住。" 1992年2月4日就是春节，春节前后的工
作比较忙，我没有及时给他复信。2月27日高晓声先生又
给我来信，谈到给我寄书的事，同时又提到买房的事。
他买房心切，可见一斑。我不敢怠慢，赶紧与吴书记沟
通。他表示一定会安排，但急不得。我于是写信将情况
转告给高晓声先生。

六七月间，我接到高晓声先生电话，他说统建房不
买了，让我别再为他操心 。我觉得突然，问他为什么
变了。他说家里有些新情况，无法筹集到资金，一言难
尽，有机会见面再聊。他的隐私我不好再追问。一次，
我与陈国凯先生聊起此事，才知道高晓声先生已经离婚
了。当年底，我调离南山区，我打电话告诉高晓声先
生。他很平静，也没有再提到深圳买房之事。

1999年7月6日，71岁的高晓声先生逝世。这位才华横
溢的高产作家，曾经成功地塑造过阿Q式农民陈奂生艺术
形象的作家，对深圳情有独钟，渴望在深圳有栖身之地，
而命运偏偏捉弄他，留下的是长长的叹息。我想，假如他
能成为深圳候鸟，也许他能创作出深圳题材的好作品。可
惜，人生没有假如，愿他在天堂一切安好！

（写于2020年）

忆高智

2016年9月9日，是毛主席逝世40周年的日子。在缅怀毛主席的同时，我想起了他的机要秘书高智老人。他1947年在延安参加革命，留在中央机关秘书局工作。挂通他家里的电话，接电话的是他女儿高丽，她哽咽地告诉我，她父亲今天逝世了。我知道高老患胃癌已有一段时间，而听到这个消息我还是吃惊，因为今天是毛主席逝世的日子，难道他是在冥冥中选择这一天跟毛主席去了吗？

我是经北京的一位老同志介绍认识高老的。当时他已过古稀之年，退休后在西安养老。第一次见面他便给我留下深刻的印象：典型的西北汉子体魄，虽年老而不掩当年的英气；讲话温和、诚恳，给人慈祥、宽厚的感觉。他虽是名人，跟他交谈没有距离感。也许他知道我是记者出身，对我也多几分热情，主动拿出一幅他的书法作品送给我。这是一幅毛主席的诗词的草书作品，颇有毛体风范。我当然很喜欢，一直把它珍藏在办公室，时常取出来欣赏一番。

与高老认识后，我们见面不多，每逢节日通通电话，互相问候问候。我们这代人是读"红宝书"、背"语录"长大的，对毛主席有特殊的情感。高智的不凡经历，令我对他特别尊敬，我们之间能够成为朋友，我当然非常珍惜。

2015年10月22日，我出差到西安，约定次日下午3点拜访高老。到了3点整，高老来了电话，问我到了哪里。我有点吃惊，一个88岁的老人，对一个后辈的访问如此上心。其实这时我已快到其小区门口了。他安排女儿高丽在小区门口迎接我。

高老的住宅是省政府安排的房子，带电梯的旧式公寓，室内简洁明净。他的腿不太灵便，在书房里等待我到来。书房不大，桌上铺着书画毡，写字台与书画台共用；进门的墙中央挂着一幅他和毛主席合影的黑白照片，主墙中央挂着一幅当年中央机要局工作人员合影的黑白影片，照片都放得比较大。高老的话题从照片说开。他说，这两张照片都是著名摄影家吕厚民拍摄的，是自己人生中特别光荣、特别有意义的留念，自己尤为珍惜，多年来一直挂在自己家的墙上。

　　当谈到我是梅州客家人时，他竖起大拇指说，客家人了不起，叶帅就是客家人。他很聪明，很有智慧，对党和国家的贡献很大。叶帅的诗词、书法写得好。他很敬佩叶帅。

　　高老知道我喜欢他的书法作品，他说他以前喜欢练练书法，写写草书，但是现在手不灵便了，驾驭不了毛笔，不然给我写几幅字。其实我这次来拜访他确实想请

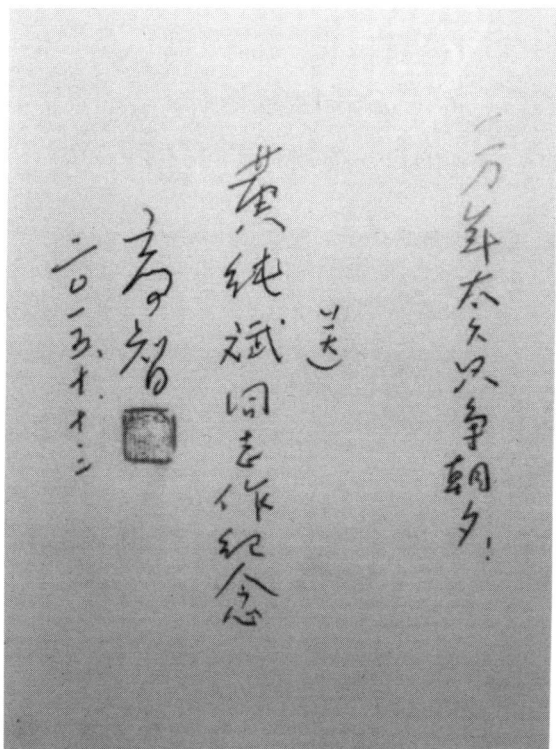

他写幅字，他的话到这里，我当然不便开口了。

我们谈到他在毛主席身边当秘书的经历，他说现在年纪大了，脑子不好用，好在他曾经把以前的经历写成一些文章，陕西出版社把这些文章编成书出版了，书名叫《在毛主席身边》。他起身从书架上取来这本书并签了名。签完名后又问我写点什么话，我不便提要求，他就写上了"一万年太久，只争朝夕"。可见，他满脑子里都是毛主席的话。也许他兴致来了，又找来一本砖头厚的画册签了名后送给我。我翻了翻，是一本由他主编的汇集了毛主席几百幅照片的画册。我们见面一个多小时，他似乎没有倦意。临别时，我们还合影留念。

作者与高智合影（摄于2016年5月）

　　这次拜访高老后，我和他通了几次电话，知道他的身体状况不乐观，腿走不动，胃也不好，住院治疗过。深圳康复研究院蔡勇卫老总是我的好朋友，我们谈起此事，他说其研究院聘请了美国哈佛医学院的康复专家罗教授，他可以帮忙约。2016年5月间，我和蔡总领着罗教授到西安登门看望高老。一见面我就感觉到高老的身体比上次差多了，但精神状态尚好。高丽私下告诉我们，其父亲是胃癌晚期，已无法手术治疗，只是他本人不知情。罗教授知道了高老的病情无法逆转，侧重讲了康复、治疗、护理应注意的一些问题。告别时，大家还合了影。我想，这可能是与高老最后一次见面了，不免有几分伤感。

　　在高老逝世一周年之际，我缅怀他。他在毛主席身边担任重要工作那么多年，算是地地道道的名人，而他，是那么淡泊，那么平凡。

（写于2017年9月9日晚）

我认识的艺术大师钱君匋

钱君匋是我国集书、画、印于一身的艺术大师。前不久我在整理书画藏品时，又久久地欣赏了钱老生前送给我的两幅书法作品，睹物思人，唤起了我与他两次见面的记忆。

第一次见面是在1997年5月初，我出差到上海。在与书画家张智量老师闲聊时我谈到，单位正在兴建一座高层综合楼，想请一位海派书法名家题字。张老师是我的老朋友，他首推德艺双馨的钱君匋。我知道钱老是国宝级大师，张老师是他的弟子，且有交情，弟子出面请师父题字应该没有问题，但担心润笔费太高。张老师几句话打消了我的顾虑。于是，我们约好时间去登门拜访钱老。

钱老1907年2月出生于浙江桐乡县，1923年入学上海艺术师范学校，师从李叔同（弘一法师）的三位高足，其中丰子恺教绘画。因钱老有天赋又刻苦，学业有成，崭露头角。1927年钱老在上海开明书店工作时偶遇鲁迅，其设计的《寂寞的国》《尘影》《春日》等封面，受到鲁迅的赞许。从此，他与鲁迅开始交往。在鲁迅当年的日记里，有五处提到钱老，由此可见，他们的交往非同一般。尔后，他还先后结交了沈雁冰、叶圣陶、巴金等一批中国文艺界的名流。从此，他的艺术不断长进，才华显露，逐渐进入了公众视野，成为名家。新中国成立初期，钱老先后为毛主席刻过两枚印章。1957年春，钱老应文化部领导齐燕铭的邀请在怀仁堂看京剧，幕间休息时见到了毛主席。毛主席与钱老握手时高兴地说："谢谢你的印章，你刻得很好，非常好。"毛主席吩咐齐燕铭，要"对钱君匋的生活多加关照"。正是毛主席的这句话，使钱老在反右斗争时躲过了一劫，化解了即将来临的政治灾难。

上海是大都市，到处高楼林立。钱老住在南昌路上的老房子里。这是他解放前购买的房产，一直居住在这里。"文革"时曾被造反派赶出，后来落实了政策，物归原主，他又搬了回来。以前这个地段是高档社区，幽静休闲，不少名人都住在此处，大画家林风眠也曾在这里安家。正值上午，我们乘坐的出租车穿越在大街小巷上，不时可见到老头儿老太太们骑着自行车慢悠悠地前行，车头上挂着刚从菜市场买来的蔬菜、食品等。有个街区花园远远传来悠扬的萨克斯声，靠近一看，演奏者竟是穿着背心的老爷子，旁边没有观众，但他吹得全神贯注，不亦乐乎，成为一道风景线。

钱老的住所是临街的两层楼房，张老师推开虚掩的房门，只见钱夫人陈学鏊正在狭小的巷道中打太极拳。我们的到来没有停止她的锻炼，她打得仍然是那样入

作者与钱君匋合影（摄于1997年）

神，一招一式，不僵不拘。我们站着看她打完整套拳式，她才慢慢停下来亲切地与张智量打招呼。我们上到二楼，只见钱老正在聚精会神地整理书画作品。看到客人到来，他不紧不慢地停下手中的活招呼我们。他的书画室不大，古朴典雅，墨香弥漫，充满艺术气息。书架上摆满了书籍和书画作品，地上的陶瓷书画筒里插满了书画卷轴。钱老已逾九十高龄，动作显得迟缓，讲话慢条斯理，谦恭和蔼。他未戴眼镜，眼睛有特别的神韵。张老师与他用上海话交流，我听不明白，讲的似乎都是家常之类的话题。我不便打扰，便盯着墙上的书画。他们聊了一会儿，钱老站起来走到书画台前，问我要写点什么，我把准备好的小纸条递给他。因写的是大字，他站着书写。令我惊奇的是，刚才看他老态龙钟，但站到写字台前拿起笔时，他身板就硬朗起来，手也不抖，写出的隶书端庄严谨，方正古拙，特有风格。写完后他主动问我还要写点什么。我高兴得措手不及，连忙找出纸片写下"澹泊明志，宁静致远"递给他。他用擅长的汉简写了一副对联，我非常喜欢。看他来了兴致，没有大师的架子，我又要求他写一书名，他没有推辞。因书名的字小，他便坐下来换笔写。我按张老师的提示给了他一个小红包作为酬谢，他微笑着收下了。原本打算请他到酒楼小酌两杯，多点时间交流，但看他身体不佳，我便没有开口邀请。

自登门拜访钱老后，我就特别关注他了。他不仅是艺术大师，也是收藏大家，一生痴迷收藏。他自己平时省吃俭用，但为了购买好的文物，却毫不吝啬，出手大方，舍得用尽自己的积蓄。他对赵之谦、黄士陵、吴昌硕三位大家的印章情有独钟，特取其三人的别号"无闷赵之谦、倦叟黄士陵、苦铁吴昌硕"为自己的书斋名字。当得到赵之谦的一批印章时，他欣喜若狂，连饮了几斤花雕酒，成为艺坛趣话。1987年11月，他将自己呕心沥血收藏的三千多件文物捐赠给了家乡桐乡县兴建"君匋艺术院"。1996年间，又将自己的一千多件佳作捐赠给祖籍地海宁市兴建"钱君匋艺术研究馆"。钱老的胸怀，由此可见一斑。

第二次见面是1997年冬，钱老来到深圳，下榻在华侨城酒店，我邀请他在罗湖区东京酒店小聚。

深圳的冬天，没有多少寒意，而钱老已穿上了很多衣服，看上去身体比上次见面时差了许多。我问他对深圳的印象如何。他说经过深南大道，看到深圳的变化真大，改革开放的气息很浓，有活力。当提到他这次在深圳期间，需不需要帮他安排点活动时，他说年老了，精神不好，安静休息休息，大家见见面就可以了。他在深圳的弟子张智量和他在澳门的弟子陆康专门赶来作陪，师徒相聚，别有一番情趣。钱老似有倦意，讲话不多，大家的话题都是逗他开心的。我想起钱老以前得到赵之谦一批印章时狂饮花雕酒的趣事，晚饭时特别安排了花雕酒，但他只象征性喝了一点，再也看不到他当年喝酒的风采了。次年八月，钱老因病驾鹤仙逝，终年92岁，中国从此失去了一位艺术大师。

钱老书赠的对联最初挂在我的书房里，他逝世后，我取下来珍藏，成为我特别喜爱的墨宝之一。回想起曾经和他的两次相见，仿佛历历在目。斯人已去，唯有"丹青精神"永流传。

（写于2020年）

摄影家温华文

今年5月间，摄影家温华文约我小聚。老友相见，其乐融融。

见面时老温的第一句话是："老兄，你知道我今天为什么要见你吗？因为今天是5月20日，我爱你。"我还来不及反应，他就自问自答了。说完他笑了，憨态可掬。一向文质彬彬的他，如今成了老顽童。

老温将一袋沉甸甸的东西递给我。我打开一看，原来是他装帧精美的摄影作品集。我自然很高兴。我也涉猎过摄影，何况这是老朋友的艺术结晶，物珍情重。老温的摄影作品全套六集，分别为《乡梦》《荷语》《山羊安泰》《金丝猴》《金鸡吉祥》和《野兰》。他长期在深圳海关处级领导岗位上，摄影仅是他的业余爱好，而其现在的摄影创作已达到了如此高的境界，真是让人佩服。他曾多次获得国家级和省级比赛的重要奖项，是中国摄影家协会会员、中国民俗摄影协会博学会士、中国花卉协会会员、广东省动物学会会员等等。

老温的摄影作品，均取于人们熟悉且普通的素材，初看并没有惊人之处，但高明之处恰恰在于为每一幅普通的画面赋予了艺术灵魂。老温说，他的摄影创作就是力求通过景物抓住作品的灵魂。魂是无形的，寓于有形的景物之中，没有艺术的眼光是无法做到的，这也是摄影家与摄影师的区别之处。老温的每一本专集都有很高的立意和整体的艺术构思及系统设计，有点有线有面，把艺术思维和逻辑思维有机结合起来，力求达到最佳的艺术效果。我曾收到过不少摄友送的作品集，其大多数

摄影家温华文

的通病就是罗列堆积照片，无法给人留下深刻的印象。老温的摄影集则不一样，有艺术的光晕！

在老温的这几本摄影集中，我对《乡梦》情有独钟。我认为《乡梦》是用摄影艺术表现乡愁的佳作。作者以留下自己童年足印的家乡梅县石坑镇为采景点，选择以洪秀全祖屋为代表的客家民居、曾经熟悉的山川河流和富有特色的风土人情，通过摄影家的视觉，表现了丰富多彩的客家风情，内涵丰富，且有艺术冲击力。每一幅画面都看不到作者的脸孔，但其中都有作者的影子，令人浮想联翩，余味无穷。有人说，乡愁如一杯陈年的酒，让游子醉在异方；有人说，乡愁是一种特殊的记忆，那里珍藏着童年的故事；有人说，乡愁如一缕阳光，照耀着游子的人生征程。而我说，《乡梦》犹如乡愁的艺术盛宴，使人如醉如痴。作者生于斯，长于斯，他有形的身躯和无形的思想情感中都充满客家基因，否则他无法创作出如此优秀的作品。

老温是我的梅州同乡。他从华南师范大学毕业后回到梅州当地大学任教，并担任团委书记。他长得帅气，举止文雅，是出类拔萃的青年。当时我在梅州日报社工作，跟他时有交集。二十世纪八十年代，他调到深圳海关工作，把守国门。千禧年间，我在深圳海关所在的街道任书记。一次，街道文化站摄影沙龙举办名家讲座，我和老温不期而遇，这时我才知道老温已成摄影发烧友。摄友们时而叫他温关长，时而叫他温老师，似乎都叫得挺亲切，挺自然。摄友们的职业五花八门，素质参差不齐。老温与摄友交流总是谦虚、低调、富有亲和力。

记得2003年春节期间，沙龙八位摄友自行结伴到云南采风，回程经过广西百色地区时发生车祸，全部人员受伤，其中两人伤势严重。汇报情况的人说，随行人员中有一位我的同乡。我的第一反应是："不会是老温吧？"其实不是。后来沙龙的摄友开玩笑说："摄影也不是轻松的行当，说不定还要流血牺牲啊！"

前些年，深圳一批文友和收藏爱好者发起成立多元收藏协会，拟任会长老田推荐老温担任副会长，并介绍说老温是其摄影老师。我了解老温，当然非常赞同。况且我也有摄影情结，记得我曾经发表的第一首小诗名字就是《照相机》："胸怀，能容万水千山；理想，创造美的世界。你是历史的证人；你是时代的画师。然而，除了工作，你从来没有开口。"我征求老温的意见时，他微笑着说："我的分量不够，还是考虑安排给其他名流吧。"他婉言谢绝了。但以后协会的活动他都积极参加，后来理事会决定聘请他为顾问。

老温平时闲话不多，但聊起摄影创作时他满怀激情，什么构图、色彩、景深、用光，娓娓道来，俨然是一位学者。他从小就有摄影梦。上小学四年级时，学校组织秋游，他站在一座高高的山上，举目群山连绵，林木青翠，山坑里一片片金黄的稻田，天空中一朵朵梦幻般的云彩，精美绝伦，他第一次感到家乡如此之美。他想，如果会摄影的话，把家乡美景拍摄下来该多好啊！工作后，有了经济条件，他便利用业余时间学习摄影技术，从此摄影伴随着他的一生。

现代职场有句名言："你要成为名家，最好的途径就是与名家为伍。"老温到深圳工作后，视野宽了，资源也多了。他善于利用机会向行家学习，拜名家为师，营造一个层次高、范围广的摄影圈子。他吸取名家的经验，严格要求自己，在摄影创作时坚持用正片。尽管正片价格高，成本重，技术要求高，但可促使作者提高技术水平，珍惜胶卷，且作品质量好，又方便印刷。功夫不负有心人。经过不懈的努力，他成功了，成为优秀的摄影家。

老温的摄影作品集，得到了行内名家的高度赞扬，现已被国内众多知名图书馆收藏。他被母校华南师范大学和中山大学请上了讲台，为本专业学生传授摄影创作经验。

老温告诉我，他原计划出版10本专集，但如今的认知有所变化，不追数量，重在质量，宁精勿滥。聊起摄影创作的甘苦，他说摄影创作虽然辛苦，但其中的快乐也是行外人无法知道的，行内人更多的是享受快乐。说完，他笑了，笑得很甜，还带有几分童真。

（写于2022年）

书法家鱼新峰感悟书法

文友鱼新峰，笔名车夫、大墨行者，书法之乡甘肃镇原人。他是军人出身，拿起毛笔似有神助，抑扬顿挫，浓淡干涸，龙飞凤舞，令人刮目相看。与他交往久长方了解其中一二。他自幼磨墨习字，苦读碑帖，临池不辍，无论是务农务工还是从军从政，初心不改，坚持不懈。观其书法用心书临法帖，以草书见长，笔法高古厚实，龙伸蠖屈，形神兼备，他多次入围国展并获奖。现为中国书法家协会会员、新疆书法家协会理事。

鱼新峰不喜言谈，但其用无声的语言倾诉于流美的书法线条，道出了西北汉子的大美之声。他为人厚道，做事踏实，足行端正，书法自然。当论书法，他神采飞扬，娓娓道来，尽显大家风范。研习法帖已是他毕生的修为。他在创作中有如下感悟：

一、陶醉书法似有一种神奇在安慰你、涵养你、盘活你的灵性，并且它是如此真实。能不能拥有诗书与远方，就看你愿不愿意做到：放下浮躁，放下烦恼，放下名利，放下滚滚红尘中的恩恩怨怨，放下不必要的计较，放下对世俗的追逐，放下别人的眼光和期许，安安静静地坐下来，拿起笔，一个人、一砚墨、一张纸、一支曲给岁月一种情致和舒缓，让身心沉静，让灵魂沉静，明窗净几，素笺流墨，古筝袅袅……时而会发现，笔墨氤氲的世界，比你想象的更无可挑剔，许多话可以说给笔墨，许多情绪可以宣泄给笔墨，许多美好可以寄托给笔墨，就连无处安放的灵魂也可以安置给笔墨。

二、一个真正的书法家，绝对不仅仅只会临帖写字，不懂政治，不懂时局，不懂人情世故，天天在那儿临帖、创作。

纵观历史，凡大书法家，如王羲之、颜真卿、柳公权、苏东坡等等，无不是"居庙堂之高则忧其民；处江湖之远则忧其君"的饱学之士，他们学识渊博，忧国忧民，有着非常综合的个人素质和修养。所以，他们的作品丰富、饱满、耐人寻味、千古流传。笔墨随步时代，并不是要我们抛弃传统，背离传统，不注重内涵，不注重笔墨，不注重学习和继承古人。而是要求我们除了学习古人的书法精髓，取其遗貌之外，在彰显时代风貌的同时，还要关注、涉猎许多东西，如政治、哲学、美学、社会学等等，全方位地开拓我们的视野、思路、想象力，不断提高学养、涵养、修养，加强思想积累、知识储备、文化修养、艺术训练，静下心来，精益求精做学问、搞创作。

三、学习书法是一个循序渐进，逐步认知和提高的过程，不可能一蹴而就。古人云"人书俱老"，说的也是这个道理。现在的许多速成班、提高班，只是在技

鱼新峰书法作品

法层面解决问题，而真正好的艺术作品往往是"无意于佳乃佳"。任何时候，技法都不是最重要的，它是润物无声的东西，是承载感情的无形之手，任何一件好的作品，抓人眼球的，往往不是技法，或者说技法都含在作品之中。

四、书法的浓与淡、粗与细、断与连、黑与白、收与放、疏与密、枯与润、藏与露、刚与柔、虚与实，都是对立统一的。其讲究一个"度"，不能"过"，也不能"不够"，而要"刚刚好"，这和我们做人做事一样，也暗合了我们中国的儒家思想——"中庸"，不偏不倚，从从容容。

五、书法一定要根植于古典传统，切不可我行我素，一味创新。黄庭坚云："古人学书不尽临摹，张古人书于壁间，观之入神，则下笔时随人意。学书即成，且养于心中无俗气，然后可以作，示人为楷。"对优秀经典的继承，对个人素养的不断提升，是一个书法家毕生的追求。

六、学习书法，不要拘泥于一家，也不要朝秦暮楚。而要专攻一脉、旁涉博取。拘泥一家会让你井底观天，一叶障目；朝秦暮楚会让你心浮气躁，浮光掠影，都不利于书法学习和创作。个人认为，最好的学习状态就是"一家独大，八面来风"，这样创作出的作品才会更丰富，更博大，更具生命力，更能打动人。写篆隶，可使作品朴厚、生涩、老辣、雄强；写楷书，可使作品静气、庄重、严谨、朴实；写行草，可使作品优美、生动、变化、顾盼。

鱼新峰的习书体会是：三分入古取法；三分学师取长；三分抒发叙情；一分留白大悟为基调的书之情怀以乐为之。

鱼新峰是位从酷爱书法走出来的书法家，其书法作品已被众人公认。有人说他更像是一位书法导师，我以为然。

（写于2023年8月）

刘绍聪与电动机节电器

一

中国工业在改革开放中迅速发展。电力是工业的血液。本来我国的电力就不足，迅速发展的工业更是加剧了电力供需矛盾。

要电！要电！电力告急！电力告急！一份份报告飞进供电局，难坏了供电局长。天哪！供电局哪里有解决这个矛盾的能耐呢？

如何解决电力供需矛盾？这已经摆上了各级政府的议事日程。出路有两条：发展电力；节约电力。

节约电力，无疑会收到事半功倍的效果。在商品社会里，市场指挥生产。在电力供求矛盾日益严重的情况下，不少厂家竞相研制电动机节电器，希图抢先占领市场。赢得了时间就赢得了效益。于是，一时间，电动机节电器满天飞，令人眼花缭乱，难辨优劣。

在激烈的市场竞争中，上海市机电局、北京市三电办专门组织力量，经过对市场上的各种电动机节电器进行认真的调查和严格的测试后，几乎是同时发文，要求推广广东省兴宁县电器厂生产的 DJZ-1型电动机节电器。这一招，弄得不少厂家目瞪口呆。

上海、北京，在我国工业生产中的地位是众所周知的。这两个重要的工业城市同时发文推广一个县级企业的产品，是前所未有的。两份红头文件，犹如一枚能量巨大的运载火箭，发射起兴宁电器厂这颗卫星。兴宁电器厂从此闻名遐迩，研制该产品的有功之臣刘绍聪也因此名扬神州。

二

1983年4月间，由广东省先进技术推广站举办的美国节能技术展览会在广州开幕。

人流中，一个中年汉子走到马达节电器陈列台旁停住了脚步。一位美国工程师正在眉飞色舞地介绍这一产品：马达节电器是美国太空署发明的一种电子装置，它能降低交流感应马达的电力消耗，目前已用于宇宙飞船⋯⋯

中年汉子的心被揪紧了，好一会儿，他才涨红着脸开了口："工程师，我们能否协作生产这个产品？"

"嗯？" 美国工程师吃了一惊，审视着这个貌不惊人的发问者，傲慢地加重语气说，"没有这个考虑，起码几年内没有这个考虑。"

那人壮了壮胆子，继续试探着问："那么，买这个产品的专利要多少钱？"

"转让专利？" 美国工程师带着几分幽默的口气说，"至少要全中国三分之一异步电动机容量的造价——不过，目前也没有这种考虑。"

中年汉子是内行人，知道这个要价的数目：至少得6000万元！

"他太看轻中国人了，我就不相信我们不能干！"他用自信的眼光看了看美国工程师。

人的能量往往是在反激中爆发出来的。从此，他下决心要研制电动机节电器。

他是教授？工程师？不，他是兴宁县电器厂的一位不领衔的 "技术员" ——刘绍聪。

三

兴宁县电器厂当时是县级小厂，设备落后。开始研制节电器时，厂里连一个正牌的技术员都没有。刘绍聪是厂里的技术支柱，在外交辞令上，厂里说他是 "主持技术工作的"。

他在"四人帮"倒台那年那月进厂做临时工。这一年，华南工学院设计的同步发电机可控硅励磁装置，转让给兴宁县电器厂生产。试产的产品卖出去后，由于有些技术指标达不到要求，用户怨声载道，纷纷要求退货，有的还告到水电部去，闹得工厂声名狼藉。

刘绍聪进厂不久，便接受了可控硅励磁装置攻关任务。他一头钻进去，很快有所发现，他向原设计专家提出了修改方案。专家经过审查，认为确实比原设计有改进，便鼓励他修改。修改后，果然效果很好。自此，他便带着技术人员，登门为用户修改设计线路，并包调试使用。用户很满意，有的原来闹着退货的，反而争着再买。尔后，刘绍聪又对这个产品进行了多次改进，现在生产的已是第五代产品了。它一直是工厂的拳头产品，在激烈的市场竞争中，始终保持着优势，远销全国二十多个省、自治区、直辖市。

电器厂的名声随着产品的声誉大起来了，刘绍聪的名字也因此传开。奇怪的是，好一段时间，这枝花只香在墙外。

一次，厂里举办技术培训班，学员均是用户，来自全国各地。刘绍聪自编讲义，自己讲授。学员们都为他的学识所折服，赞不绝口。

"他算什么东西？他是临时工，地主仔，劳改过的！"有人当着学员的面揭刘绍聪的"老底"。

因饱受折磨而似乎不知道折磨的刘绍聪，听到这些话，痛苦像潮水般涌上心头……

1959年秋，刘绍聪以优异的成绩考上北京工业学院工业企业电气化专业。他被指定担任班长。他申请助学金时，学院按规定把他的申请表寄回原籍征求意见，得到的批语是：此人出身不好，不同意！这一招，可致命啊！

"你出身不好，政治上我们会帮你，学习上你要帮人家，互相帮助呀！"党支书找他谈话时说。

他在学习上是尖子，在政治上却低人一等。然而，他并没有泄气，他在政治待遇和家庭经济的双重压力下，以百倍的努力，在知识的海洋里搏击、遨游。结果，他被"白专=反革命"的绳索套住，被开除团籍，开除学籍。

1961年共和国生日的前一天，北京城到处充满节日的气氛，彩旗把古城打扮得更加绚丽多姿。刚念完大学二年级的刘绍聪被推上囚车，押送劳教场。天哪！我有什么罪过？完了，这辈子完了。他痛苦至极。

劳教场关着一些国内著名的专家、教授。刘绍聪虚心好学，他们都成了他的老师。他为北京通县的一家工厂设计了一台自动车床，工厂听说设计这台车床的是一位二十多岁的青年人，十分惊奇，厂长专程到劳教场来见他。

刘绍聪看到自己的知识能为社会服务，恢复了已经失去的生活信念。在两年的劳教中，他先后研制成功了电瓶车闸流管控制器和液压试验机报警装置，并学完了大学的全部课程。每当回忆起这两年的铁窗生活，他又痛苦，又骄傲。

劳教期满后，他留场就业。祸兮福所倚，福兮祸所伏。当时，中国经历着一场空前的浩劫，而劳教场不准搞运动，成了"避风港"。刘绍聪潜心搞研究，先后设计了不少项目。在那个年代，不少幸福的家庭被阶级斗争搞得妻离子散，家破人亡，而他却很幸运，1967年底与一位北京姑娘成了婚，次年生了个女儿，生活好不美满。岳父是火车司机，为人忠厚，他常在别人面前夸奖刘绍聪："老广聪明，又诚实。"

但好景不长。1969年的一天，寒风卷着白雪在天空飞扬，北方的大地冰封雪裹，到处白茫茫一片。下午收工时，农场通知就业工人，农场要搞拉练，需在当晚回家准备行李。第二天，当刘绍聪他们来到场部时，场负责人突然宣布，贯彻一号通令，要即刻把他们疏散回原籍。这真是晴天霹雳！连告别妻子孩儿一声都不成。刘绍聪欲哭无泪，他来不及细想，便被押送上火车，带着万分的痛苦，告别了首都北京。

……

培训班的学员知道他的身世和眼前的处境后，又是同情，又为他抱不平。

"刘老师，反正你是临时工，我介绍你到我们厂去，我们的厂长会把你当成宝贝呢！"

"这……这怎么成呢？"

一位黑龙江学员含着泪说："刘老师，如果还有回潮，请你到我们黑龙江避难，我们会保护你。"

刘绍聪感动得流下了热泪。

四

电动机节电器还未开始研制，厂里就七嘴八舌地议论开了。有人认为，厂里年年有利润，目前，生产任务又吃得饱，去研制高精尖产品，是小蛤蟆想吃大蟹——想得大，弄不成会砸厂里的招牌。有人还说："什么节电器？都是刘绍聪想出风头。看他有多大本事。"

省里已正式下达了研制任务，还拨了三万元研制费。工厂曾进口过一台马达节电器样机，开盖一看，采用的大都是集成电路，集成电路的型号和标记已被擦掉，无法解剖，这给研制工作带来极大困难。

刘绍聪想，这次只能成功，不能失败。失败了，个人得失无所谓，要紧的是会失去工厂的信誉，美国工程师的傲慢劲儿会使他发疯。

他清楚地记得，1984年10月间，省主管厅在广州专门召开节电器可行性论证会，正在广州开会的县委书记刘立其、县长陈焕南特地前去参加会议。当时，厂里已研制出第一台样机，有节电效果，但运行不稳定。专家们指出不要受传统的方法束缚，要大胆突破。散会时，刘书记走到刘绍聪面前，拍着他的肩膀说："老刘，继续干！成功了，算是你们的成绩；失败了，记我的账。"啊，多么大的信任，多么大的支持啊！顿时，一股暖流涌上心头，他激动得不知说什么好，热泪夺眶而出。这以前，刘书记还不认识他呢。

刘书记的话是偶然说的吗？他怀疑过。然而，事实回答了他。此后不久，国家科委有关部门的一位同志来到兴宁，刘书记专门向那位同志介绍了刘绍聪。当谈到研制电动机节电器时，刘书记再次对刘绍聪说："不要怕，我们支持你。成功了，算是你们的成绩；失败了，记我的账。"这是实实在在的话啊！

一个"地主仔""劳教过的人"，能得到县委书记的如此信任，真使他受宠若惊。他暗下决心，这次一定要成功，就是豁出命去，也干。

有人说，嫉妒是人的本能。这也许对，也许不对。

在中国，改革正在深入，不少老干部、老革命、老厂长、老经理，急流勇退，荐举贤能，甘居二线。他们以别人干出成绩而骄傲，以别人超过自己为快慰。然而，当今之世，躺在功劳簿上睡大觉，占着茅坑不拉屎的，也不乏其人。在他们看来，你是贤能，你就是我的威胁。

研制工作不断取得进展，刘绍聪和研制组的人员信心更足了。谁知，厂里的主要领导这时却另有考虑。

书记老方任职已久，曾为工厂的发展立下汗马功劳。如今，他有个信条：针无两头利。只求平平稳稳过得去，不要搞得那么复杂、花哨。他说："厂里宁可转让人家的图纸来生产新产品，也不要去冒风险。"

当时，某县11万伏变电站配电设备的生产任务催得正紧，厂长认为研制工作必须暂停，刘绍聪却要两项工作同时兼顾，双管齐下。于是他夜以继日，除完成配电设备的设计之外，节电器的研制也毫不放松。

然而，闲言碎语并没有因此而消停。

"什么研制电动机节电器，迟不搞，早不搞，偏偏在调整班子的时候搞，无非是刘绍聪想当厂长。"真是人言可畏啊！

"老刘，你怎么搞的，与领导关系这么僵？"好心的朋友也为他担心。

妻子带着恳求的口吻说："绍聪，老方对你这么好，你要对得起人家啊！"

是啊！还是在以阶级斗争为纲的年代里，老方冒着风险把背着"黑锅"的他请进工厂来，还经常对他嘘寒问暖，不把他当外人。凡搞新产品，都让他主持设计。刘绍聪进厂后主持研制了十多项新产品，哪一项都渗透着老方的心血，而厂里的一张张奖状上却没有老方的名字。这些，老方都不在乎，只要厂里的生产能上去，他就高兴。

绍聪个人的事，老方也没少操心。他亲自跑县，跑省，此路不通，走他路。1982年终于把刘绍聪吸收为国家干部。随后，刘绍聪妻子的户口也迁到城里，并在厂里安排了工作。

人心都是肉长的，不能忘记老方的恩情啊！是自己对不起他，就应主动向他赔礼道歉；是误会，就应该向他解释。唉！无济于事。

不知是谁说过，在中国，单处世方面就要花去人生一半以上的精力。然而，刘绍聪是学工的，什么电磁原理，什么机械原理，他懂，讲起来也头头是道，但他没有去研究过处世的哲学，也无暇去研究。中国古典文学大都是反映人与人之间的关系的，刘绍聪没有看过多少本古书。遗憾啊！

一波未平，一波又起。正当电动机节电器的研制成功在即，却有人准备把节电器研制任务和已设计的图纸转让给本系统的另一个厂。"那个厂不景气，我们的老产品还吃香，有销路，就把这项研制任务转让给他们。绍聪，你也调去那里，怎么样？"

啊，这不是推我走吗？兄弟厂之间互相支持，这种共产主义风格无可非议。但整个研制组的人员也能调去吗？不能的。这不是要中断这项研制工作吗？

五

夜深了。古老的山城并没有入睡，远处机声隆隆，灯光闪烁。刘绍聪睡不着，他想得很远很远——

他从北京被遣送回到家乡——兴宁县叶塘镇时，迎接他的是一间破旧的房子和一间阴暗的厨房。他在家里孑然一身。妹妹送来一个铝煲，煲侧已有道口子，做饭要认真选好角度，要不然流出的水会浇灭微弱的炉火。一个研究自动控制装置的人，居然又体验了钻木取火的生活滋味。

村党支书是刘绍聪孩提时代的朋友。"阶级觉悟"并没有使他忘记童年的友情，他把他安排到大队农机站。不久，刘绍聪试制出诱杀水稻三化螟虫的黑光灯和粮所仓库的测温测湿仪。城镇水泥制品厂厂长老许有心计，特地请他去设计电动机保护器，把工厂搞得红红火火。

1974年，水泥制品厂来了工作组，指责老许重用"不纯人员"。"我们要搞革命化，不要搞现代化！"工作组的人在会上高呼。刘绍聪被民兵押送回家，勒令接受批斗。村党支书火了："他做的是有益于社会的事，为什么要批斗他？"为此，党支书还挨了当地工作队的批评。

刘绍聪回家没几天，驻兴宁的解放军某医院派人驱车前来请他。他担心，不敢答应。解放军同志说："不要怕，有事我们负责。"

他为医院设计了病房呼唤器，研制了水塔自控装置。附近的另一个部队又来请他，他又为这个部队设计制造了夜间射击闪光器、夜间射击自动报靶器。一次，部队的地下指挥所恒温恒湿装置出了故障，请他去修。他面露难色。部队的同志理解他："我们相信你，干吧！"他进去很快就排除了故障。

此后，他经部队推荐，又为汕头冷冻厂设计安装了自动测温装置和进库自动计量器。

他亲身感到，在那"知识越多越反动"的年代里，人民并没有轻视知识。他有知识，人民并没有忘记他。这是他在困境中坚持的精神支柱。

二十世纪八十年代是知识爆炸的年代，"四化"需要知识，需要人才。厂里正缺技术力量，为什么要把"主持技术工作的人"推给别人呢？

古人曰："人材衰靡方当虑，士气峥嵘未可非。"当今有人却不然：人才衰靡，他感到无患；士气峥嵘，他感到不安。嫉妒贤能，这是当今中国改革之大患啊！

六

刘绍聪也是有血有肉的人，血肉之躯，却背负着的沉重的十字架。

他刚从水泥厂被押送回家，碰巧前妻弟从北京来兴宁看望他。久别重逢，悲喜交加，刘绍聪记忆的闸门被打开了。

那是1971年中秋节前一天，他拿着传条去到法庭。

"刘绍聪，知道今天叫你来干什么吗？"法官神气地问。

刘绍聪小声回答："不知道。我没有干犯法的事吧？"

"告诉你，你北京的老婆要与你离婚。"

晴天霹雳，他呆了。不可能，她是爱我的。

法官似乎看出了他的心思，把离婚申请表送到他面前老天啊！真的，是真的……终于，他理解妻子，体谅她的难处。他拿着沉重的笔签了字。

中秋节前夜，明月皎皎。有人盼望家人团圆，有人望着明月寄托对远方亲人的思念。而他，却在月亮圆了的时候妻离家破。如果苏轼有这个经历，他定会写出一个催人泪下的名篇。

前妻弟含着眼泪说出了真情：他姐姐本不愿离婚，但母亲是街道积极分子，不能容许有"背黑锅"的女婿，她替女儿领了离婚申请表。离婚三年，姐姐一直守着孩子，没有改嫁。

前妻弟对姐夫一往情深，但也有不便说的苦衷。他这次来看望，意在希望姐姐和姐夫破镜重圆。唉！为什么他早不来，迟不来，偏偏就在这个时候来？前几天，刘绍聪在城镇水泥制品厂；后几天，已被解放军请去。前妻弟看到他当时的处境，感到破镜重圆的路走不通了。

"女儿是判给你的，如果你有难处，那就我来抚养。"前妻弟说出了第二种方案。从此，小舅子一直抚养着这个外甥女。

无情的命运啊，真会捉弄人！他能受得了吗？亲戚劝他："绍聪，你在这里不会有出头之日了。你伯父在美国，你去逃港，投奔他吧！"

逃港？不！万万不能！自己不是在盼望证明自己无

罪的一天吗？历史是公正的，还是耐心等待吧。

1975年间，他又赢得了一位农村姑娘的爱情。"女儿，嫁给他没错。"姑娘的父亲支持她。从此，他才有了一个贫穷却不乏温情的新家。

七

再艰难的日子都熬过来了，这一关无论如何也得闯过去。对旧事的追忆，反而激起了他战胜困难的信心。刘绍聪与研制组人员一道，夜以继日，废寝忘餐，常常通宵达旦地干，第二天又照常上班。

电动机节电器即将研制成功了，有人仍然在神经质地宣传："节电器搞不成了，不要相信刘绍聪。"

"人家掉了一身肉，还那么多闲话。要有点良心呀！"一个工人愤愤地说。

刘绍聪一心扑在研制工作上，并没有工夫去理会那些闲话。"你没日没夜地干，谁知道你？"妻子埋怨，他一笑了之。朋友介绍他到深圳、珠海工作，他拒绝了；湖南省委组织部多次来函请他去那里工作，他也拒绝了。

一次，省内一个县的经委派一位科长登门。"老刘，我们知道你的处境，慕名前来聘请你，给你月工资四百元，家属、住房从优安排，另外还给你三万元搬家费。请你带上电动机节电器设计图纸，即使这次研制失败了，也不打紧。"那位科长近乎恳求道。

不错，他需要钱。他曾为钱而苦恼过。没有钱，女儿无法抚养，骨肉忍痛分离。他欠了女儿的债，还不清的债。想起女儿，他的泪水再也抑制不住了。

但是，怎能为了个人的利益，离开收留过和保护过自己的工厂呢？他谢绝了来人的好意。

来人懊丧极了："傻！你这个人真傻啊！"

八

功夫不负有心人，电动机节电器终于被研制出来了。刘绍聪激动得心都快要跳出胸膛了。这件事，迅速传到了地区，传到了省里。

1985年5月7日，省经委组织三十多位专家、教授，专程到兴宁县城鉴定这个产品。鉴定结论："该产品节电效果显著，空载节电率可达30%以上，质量达到国外同类产品的水平。它填补了国内的空白。" 会上，一位被聘请为顾问的专家郑重地表明："这次研制工作，主要是厂里的技术人员搞的，我们连一张图纸都没有设计过。"

鉴定会后，县委、县政府采纳了专家们的建议，把电器厂从原来的厂独立出来，组织一套全新班子，刘绍聪被提拔为副厂长，主管技术工作。

1985年党的生日之际，刘绍聪站在党旗下庄严宣誓。他举起右手，望着鲜红的党旗，热泪滚滚而下。党啊！我接受您的考验。

刘绍聪的事迹登了报，上了电视屏幕，很快传开了。

一次，他坐着厂里的小车到广州办事，司机违反了交通规则，被执勤民警拦住。民警看了司机的驾驶证，严肃的脸上顿时露出了笑容，问："你是兴宁电器厂的？""是的。""你们厂有个刘绍聪，对吗？""对，他就在车上。"司机喜出望外。刘绍聪走下车来，向民警道歉。"老刘同志，我在电视上看了你的事迹，太动人了，你真行。"民警边说边把驾驶证还给司机："敬礼，你们对广州交通不熟悉，请留点神，走吧！"司机笑了。

九

电动机节电器研制成功，使兴宁县电器厂上了一个新的台阶。短短的几年工夫，这间原来设备落后的小厂，变成了拥有现代化设备的先进企业；原来还不领衔的技术员刘绍聪，成了一位成熟的企业家。我们在采访时，现任厂长刘绍聪深有体会地说："在当今激烈的市场竞争中，企业要想长盛不衰，就要有足够的超前意识。"

兴宁县电器厂自研制成功电动机节电器后，企业的形象令人刮目相看了。省经委前后批准该厂投资共295万元新建节能设备生产线。

有了贷款，刚走上领导岗位的刘绍聪却并不感到轻松，他要用有限的钱，发挥出最佳效益。争取技改项目时，省经委有关负责人叫他答辩："你们一个小厂，投资几百万元搞技改，以后怎样还贷？""我们通过借贷款搞技改，走负债经营的道路，变压力为动力，背水一战，用先进的生产设备生产出优质产品，创造经济效益。"他当时答得很轻松，而现在要干起来，又谈何容易？

刘绍聪有眼光，头脑里充满了超前意识，暗下决心，要乘这次技改的东风，从根本上改变生产条件，促使工厂腾飞。

他没有犹豫，使出了两手。一是用这笔技改贷款，从国外引进波峰焊接机、折板机、电脑等一批先进设备，装配一条现代化的电力电子设备生产线，并请专家设计建筑一座与生产线相配套的新厂房。二是继续组织技术力量，与大专院校和科研单位协作，不断开发新技术、新产品。

"刘绍聪胆大妄为，借贷巨款搞技改，将来工厂会被债压死。"

"刘绍聪贪大求洋，把技改款乱花掉了。"

"刘绍聪趁引进设备之机去香港，得了几万元倒扣费，自己发财了。"

……

是贪大求洋吗？ 刘绍聪不得不费嘴舌向有关人员做解释，只是有人不懂"超前意识"为何物，解释也徒劳。说他贪污倒扣费吗？ 更是令他哭笑不得。事实是，外商确实给了几万元倒扣费，而这笔钱并没有落入刘绍聪的腰包，他用这笔倒扣费购进了两台电脑。此后，他们正是用这两台电脑，又开始了一个新的科研项目，并于1988年研制成功了微机监测显示系统，通过了省级技术鉴定。

在改革开放的年代，令人信服的往往不是理论，而是现实的效益。

1987年10月，兴宁电器厂由破旧的小厂搬进了宽阔的新厂房，一栋办公楼，三栋生产车间，全部按现代化生产流水线设计。新上的生产线很快发挥出效益，搬进新厂的当月创造的产值便相当于1984年一年的产值。以前用手工焊接电动机节电器线路板，一个工人用一天半才能焊接一块，而现在使用波峰焊接机，每分钟可以焊接六块。先进的生产设备与先进的生产管理相结合，生产出优质产品。1987年，这个厂生产的电动机节电器被评为广东省优质产品。1988年上半年，仅上海、北京两个城市就订了7700台电动机节电器的合同。

技术改造使兴宁电器厂的面貌焕然一新，不少同行到这个厂参观后，都称赞刘绍聪有远见。一个外地的同行企业以前曾经公然鄙视过这个厂，1987年到这里一看，为之一惊，主动放下架子，要求两厂建立协作关系。

兴宁电器厂新上的节能设备生产线，是电器产品通用的生产设备，起到了一项技改发挥多种效益的作用，带出了老产品，使新老产品的质量全面提高了。以前凡产品上用的角铁，工人要用手工慢慢敲打折弯，既费力气，质量又不好。有了折弯机，只要一按电键，工件即刻就被加工成了，又快又好。广州柴油机厂和上海新中动力厂通过认真考察，选定兴宁电器厂为1000kw陆油柴油发电机组配套厂。1988年，仅广州柴油机厂就订立了320万元的产品合同。在1987年广东省低压电器情报网会议上，兴宁电器厂产品的二次结线被评为第一名；1000kw发电机励磁装置采用全集成化电路，确认属省内第一家。1985年以来，这个厂产值连年翻了近一番。

说刘绍聪有远见，一点不假。他特别重视技术超前，工厂与华南工学院和广州电科所建立了长期的技术协作，不断引进和开发新技术。工厂还十分注意提高职工的技术素质，定期对职工进行技术培训，并先后派出二十多人次到大专院校学习。现在工厂还专门办起一间业余电器中专班，旨在培养新一代工人。这个厂在1987年研制成功微机监测显示系统后，1988年又研制出大型静止无功补偿装置样机，准备组织鉴定。这种产品集电力、电子的光纤技术于一身，是高技术产品，价值高。投产后，将会产生十分可观的经济效益。省经委已批准投资200万元新上这个技术改造项目。

刘绍聪告诉我们，如今工厂的生产条件从根本上改变了，企业有了后劲，正进入良性循环，创造出较高的经济效益。工厂的目标是，朝着机电产品电脑化发展，把工厂办成一流设备、一流产品、一流管理、一流效益的现代化电器生产企业。说完，他充满信心地笑了，笑得那样甜。

高明的建筑设计师别出心裁，把兴宁电器厂的厂门设计得美观大方，独具一格。我们细心看了许久才悟出，这是仿飞行器的尾翼。建筑师在祝愿：兴宁电器厂，腾飞吧！

（写于1988年，曾先后发表于省、市多个报刊）

刘绍聪"下海"再创辉煌

三十多年前，我在省、市报刊分别发表过报告文学《刘绍聪与电动机节电器》。今年花城出版社将出版我一本散文集，我自然想起了这篇曾经感动过我自己的文章。当今社会，风云人物和文章极易被时间淘汰。几十年前的风云人物刘绍聪现在如何？我的文章现在过时了吗？这无疑会令我产生联想。幸好现在信息传媒发达，虽几十年未与刘绍聪见面，但略有所闻，知道刘绍聪后来"下海"创业，又闯出了一片新天地，为国家、为社会的贡献更大了。他的变化是国企领导成了民企老板；县级企业技术员成了国家级专家；他的产品畅销国内外，美名远扬。为此我内心多了几分似乎带有自私元素的安慰。

记得那篇文章发表后不久，我调到深圳工作，离开了爬格子的职业。因彼此都忙，我与刘绍聪断了联系。

2023年第一场像样的春雨后的第二天，我们在兴宁城久别重逢，他异常兴奋、激动，似乎有很多话要说。37个春秋过去，彼此的脸上都留下了明显的岁月印记，但他的腰杆仍硬朗，优雅、自信的表情没有变。提起他几十年事业的发展，他的激情又燃烧起来，侃侃而谈，言语中多了不少新潮词汇，显然他已见过大世面。

当年他主持兴宁电器厂工作，干得风生水起，红红火火，得到了当地党委和政府的高度认可，获得了很多荣誉，1986年被中华全国总工会授予"全国优秀科技工作者称号"并授予全国"五一劳动奖章"。多年来，他多次获得过优秀厂长、优秀共产党员的称号，特别是还当

作者与刘绍聪合影（摄于2023年）

选为广东省第七届人大代表和梅州市第二、四、五届人大代表。1996年，他被提拔为主管局副局长，实至名归。

刘绍聪任副局长不久，目睹国企改革的深入和民营企业蓬勃发展的形势，创业的激情再燃烧，经组织批准，他辞去令人羡慕的领导职务，毅然"下海"创业，到汹涌的市场经济大海中去接受新的考验。

这一年，他已55岁。他借款40万元，租了300平方米的简易厂房，办起了南丰电气自动化设备厂，专业生产水电站电气控制设备。南丰的定位是"先进的技术、可靠的质量、热诚的服务"。由于生产的产品属于他熟悉的老行当，企业发展顺风顺水，工厂生产的同步发电机可控硅静止励磁装置，1997年在机械工业部产品质量监督抽查中被评为优等品，在全国同行业中得分排名第一，受到当时机械工业部通报表扬。从1998年起，公司一跃成为兴宁市纳税大户。为了更好更大的发展，在市政府的支持下，公司购买了土地，建起了现代化厂房。企业的注册商标又被授予广东省著名商标称号。

随着国民经济的发展，国家对电网的安全提出了更高的要求，水电部门于1998年通知：至2003年，所有入网水电站所用的常规二次控制设备必须淘汰，改为用计算机监控系统和数字化调节设备。这个规定意味着公司目前生产的全部此类设备在期限内必须淘汰，这一变化，对企业无疑是重大的打击。刘绍聪清楚，技术升级转型对企业是生死攸关的考验，闯得过则更上一层楼，闯不过则面临绝境。他在度过几个不眠之夜后，豁然开朗，认识到这既是严峻的挑战，更是重大的机遇。他本来就厌倦了过去本行业低水平的重复和无序的恶性竞争。机会只对进取有为的人开放，庸人永远无法光顾。他想，自己虽年近花甲，但精力还好，人生难得几回搏，此时不搏待何时？他暗下决心，一定要抓住这次绝好的机会，拼老命也要突破技术难关，让自己的产品脱胎换骨，抢占市场先机，为企业闯出一片新天地。他立即着手组织科研团队一步一个脚印地攻关，换了一个又一个思路，经历了一次又一次失败。功夫不负有心人，经过几年的努力，终于在近乎山穷水尽时，他们成功了！其主导产品全部升级为数字化设备。刘绍聪激动得流下了眼泪，其喜悦的心情用任何形容词来表达都是逊色的。

南丰的新产品"NF2000系列水电站计算机监控系统"，实现了"无人值班，少人值守"，顺利地通过了省级技术鉴定，产品达到国际同类产品的先进水平，获得了省高新技术产品称号和广东省名牌产品称号，被省政府授予科学技术二等奖的大奖。随后，公司又不断开发出不少新产品和精品，他们先后共获得了28项软件著作版权、1项发明专利和5项实用新型专利。由于这些产品技术先进，质量稳定，运行安全，在行业内有口皆碑。目前南丰的产品已为国内近千家水电站采用，还走出国门，出口到11个国家。据了解，越南全国共有600多个水电站，其中60多个采用了南丰的设备。"南丰"成了一张亮丽的名片。这里发生过一件趣事：越南有个客户，指定要用中国南丰的产品，他们找到江西省南丰县，几经周折，方知彼"南丰"非此"南丰"。南丰发展了，连年被评为兴宁市纳税大户。

刘绍聪深知，企业的发展关键靠人才。因此南丰办厂伊始，他就特别注重引进和培养人才，并从薪金、住房、福利等方面关心他们，留住他们，发挥他们的聪明才智，形成企业的创造力。他的儿子刘东文，在华南理工大学电气自动化专业毕业后，考入广州某政府单位，仕途可期。他知道儿子是可塑之才，动员其辞职，丢掉铁饭碗，回家乡兴宁与父亲共同创业。刘东文不仅长相像父亲，温文尔雅，典型的书生形象，而且干起活来像拼命三郎。他既刻苦钻研技术，着力产品的软件开发，又努力学习现代企业管理知识。经过十多年的磨砺，如今他成了第二个刘绍聪，能够在技术开发和生产管理方面左右开弓，能独当一面管理企业。国家能源委和中国电气工业协会联名组建的产品标准化委员会，邀请水电行业的重点企业和专家参与起草水电行业产品标准，刘绍聪父子赫然在列，这成了一道风景线。

南丰发展了，不忘回报社会。他们每年安排经费用于公益慈善事业。至今他们已连续23年（每年一届）资助全市小学生足球赛；多次支持乡村修建公益市政设施；资助多位贫困学生完成了大学学业，其中还出现了一位名扬广东的孝女彭彩金……正可谓厚德载物。

刘绍聪一生，岁月蹉跎，饱经风霜。他负重前行，以顽强的意志力在逆境中发奋进取，创造了一个又一个奇迹，也享受过无数荣光，成为人中楷模。如今他已到了耄耋之年，虽雄心仍在，但岁月不饶人，人生规律不可抗拒。他告诉我，他已把企业交给了儿子刘东文管

南丰电气厂一景

理，自己只当"参谋"。他现在主要的职责是完成国家交给的特定任务，即：编制全国水电行业标准和规范，继续贡献自己的智慧和经验。

当刘绍聪谈到南丰的成功，我开了句玩笑："这是上天在忏悔了，是他对你的褒奖啊！"他笑了，笑得自信，并带有几分腼腆，白皙的脸颊泛起红晕。他转过头望着窗外，我随着望去，只见春雨刚过，天朗风清，天空上浮现着一道彩虹，仿佛是奖赏给刘绍聪的一条彩带。

（写于2023年5月12日）

附　录

友人黄纯斌

陈国凯

脑海里常常出现一个人的影像，圆圆的脸孔，炯炯的眼神，亲切的微笑，诚挚的声音……他就是我的友人黄纯斌。

客居深圳有年，过着半隐居式的生活——养病、读书、写作。自立规矩，不出席热闹场面，不接受一些无聊的访问。业余时间，听听音乐，在世界音乐大师美妙的旋律中享受精神世界的安逸宁静，自得其乐。不过，身在文坛，免不了有些应酬。有些老朋友来需要接待，我就给朋友挂电话，其中之一就是纯斌。纯斌曾经对我说："你一个人在深圳，招待客人不方便。文艺界有什么朋友来，你就给我打个电话好了。"

知我者，纯斌也。

有好朋友到，我就给纯斌挂电话。"纯斌，有接待任务了。你帮我'搞掂'。"纯斌总是愉快地回答："好的。你放心。"尽管他工作极忙，也会抽出时间亲自开车接待来自远方的朋友。有一次，有一位著名老作家来到深圳，住在西丽湖创作之家。那地方离市区很远，交通极不方便。这位老朋友给我打电话。有朋自远方来，不亦乐乎。我给纯斌打电话。纯斌正在主持一个会议，会议一完就开车来了。我们直奔西丽湖，和老朋友见面把盏言欢。跟纯斌见过面的文界名流，都对纯斌有很好的印象。

纯斌对文坛一些著名人士的尊重，源于他的文化素养。他出生于书香之家，父亲是省报的记者，他自己又当过《梅州日报》编辑部的负责人，在几年的记者编辑生涯中颇有建树，写过一些颇有分量的文章。现在虽然弃文从政身入"官场"，但文人气质尚在，还保持着正派文人那种可爱的真诚，这很可贵。每次跟纯斌见面，都令我心旷神怡。文人中弃文从商或弃文从政如纯斌者，多乎哉？不多也！

每次跟纯斌在一起，没有客套，没有世俗的功利。相互洞开肺腑，常常笑语连珠。他知道我有时忙起来常常足不出户，很为我的健康担忧，有了空闲，就要拉我出去走走。

纯斌人好，广结善缘。他不论为文为政，都留下好的口碑。说起他的生活经历也颇有意味。

纯斌生长在兴宁一个农村，知农事，少聪好学。高中毕业回乡，后来调到公社报道组，开始摇笔杆，初显文才。时为"文革"时期，农村搞社教，纯斌被派去参加社教工作队，那时社教队队员是被当作革命接班人培养的。纯斌一去就是四年。四年中，同去的人一批批被提拔了。纯斌还在社教队写材料。是何原因？是因为他"斗争性"不强，不敢斗，割"资本主义尾巴"不力。不当恶人就不像个领导干部，大概是那个荒唐年代选择干部的标准吧。那时需要的是一批一批"杀杀杀、斗斗斗"的勇敢分子，而不是文质彬彬的秀才。纯斌这方面的"标准"不够，也只能在工作队写写材料。直到一道来的工作队队员都走得差不多了，当头头的考虑到公社办公室需要写材料的人，才把纯斌提为公社党委委员，准备待社教结束时再让他兼任办公室主任，还是跑腿写材料的角色。四年工作队生涯，没有把纯斌"锻炼"成好斗整人的角色。我倒觉得值得庆幸。当然，在那人性被普遍扭曲的年代，要做到这样也不容易。这取决于一个人的文化品位。有一次，我跟纯斌开玩笑，这可能跟你名字有关。纯者，纯良也。斌者，彬也，文质彬彬之谓。《史记·儒林列传序》云："自此以来，则公卿大夫士吏多文学之士矣！"信其然乎？纯斌听着哈哈笑了。

后来纯斌被《梅江报》调去当记者、当编辑、当编辑部副主任，又是一些年头。纯斌在报社的特点是能吃苦，经常下基层体察民间疾苦。他不喜欢做浮光掠影的文章，喜欢做结结实实的文字，他写的一些长篇通讯，产生了较好的反响。他还利用业余时间写报告文学，因此被广东作协吸收为会员。那时我还不认识纯斌。纯斌做事认真，不敷衍成文。为了采写一位有争议的人物，他常常踩着摩托车翻山越岭地跑。为了写一篇报告文学，光采访材料就写了六万多字。他说，当记者要能耐吃苦，要眼睛看着群众，要体察民间疾苦。他对现在有些记者不关心群众、缺乏吃苦精神的做派颇存感慨。

1988年，纯斌调到深圳工作。先后在南山区办公室和罗湖区办公室工作。他还是老样子，努力工作，善结人缘。工作之余，勤奋读书。为了学业有成，纯斌付出了日日夜夜的辛劳。

罗湖区委重视培育人才，委派纯斌到罗湖区翠竹街道办事处当党委书记兼主任。罗湖区翠竹街道办事处辖区有36平方公里，人口约19万，辖31个居委会，是当时深圳人口最多的街道办事处，又位于闹市，情况比较复杂。派这样一位年轻的干部去能否搞好，当时区里有点挂心。纯斌知道重任在肩，不敢稍有懈怠。他到办事处工作两年，面貌已有改观，变化有三：其一，经济方面上得较快，这两年经济大环境不是很好，但翠竹街道办事处的经济发展得比较快。直属企业的经济效益年增长20%。这就很不容易。纯斌亲自筹划的一幢19层高的新大楼正在施工，气象巍峨。其二，班子团结得好。纯斌上任两年，政绩初显。看来他这"官"当得不错。

"世事洞明皆学问，人情练达即文章。"看见纯斌笑嘻嘻的脸孔和对朋友的真诚，我常常想起这句古话。

人家说纯斌当"官"当得不错，有一次我叫他谈谈为"官"之道。他沉思了一会儿，笑道："我实在不懂什么为官之道。我的看法很简单，要做官先得学做人。如果不会做人就做不了好官。好人不一定是好官。好官肯定是好人。当官大概要具备两个条件吧——第一，好人；第二，要有一定水平。"又说，"其实我的智商很一般。能做成一点事，全靠勤奋。"

纯斌这些话其实很平凡，但真理常寓于平凡之中。这很平凡的道理也不是人人都懂或者懂了也不一定能做

到。在生活中，有些不像人样的贪官污吏人面畜生，我
们看得还少吗？

纯斌是脚踏实地认认真真地做人和做事业的。特区
的建设事业如日中天，正需要一批批脚踏实地又有文化
品位的热血青年！纯斌就是其中的一位。

1996年11月8日